窓際ドクター
研修医純情物語

川 渕 圭 一

幻冬舎文庫

窓際ドクター　研修医純情物語

目次

窓際のあの人

――なんと呼べばいいのだろう……

淡い黄色の満月を眺めながら、ぼくはため息をついた。

「あの人のことを書き留めておこう」と思ったのは、帰りの坂道を上っているときだった。そのアイディアは、なんの前触れもなく唐突にやってきて、ぼくの頭を占領した。われながら驚きだった。およそ事なかれ主義で、何事も人まかせのこのぼくが、自ら何かをしようと思い立つなんて……。

あるいは、ひょっとするとそれは、自分じゃなかったのかもしれない。

きょうも一日、病棟でのハードな勤務を終え、ぼうっとした頭でアパートに向かって歩いていたら、突如、なにものかが舞い降りてきて、またたく間にぼくの脳みそを支配してしまい、有無を言わせず命令を下した――。

そんな感じだ。

その、なにものかに従わざるをえず、ぼくはアパートにもどると大急ぎでシャワーを浴び、コンビニ弁当をかき込み、テレビニュースも見ず、机に直行した。

それから一晩中、パソコンに向かっているのだが、いまだ画面は真っ白なまま……。あの人を呼ぶのにふさわしい言葉が、どうしても浮かんでこないのだ。

むろん実名は明かせない。かといって、仮の名で呼ぶのもわざとらしい。K氏なんて書くと、医療過誤で訴えられた医師みたいだ。

バイクのエンジン音が夜のしじまを破り、とんとんと階段を上る足音が聞こえ、朝刊が玄関のドアをたたいた。やがて、鳥のさえずりが聞こえはじめた。

ふと窓の外を見やると、月はいつの間にか北西の山あいに沈んでいた。まだ青黒い空をぼんやり眺めつつ、ぼくは立ち上がった。

コーヒーをいれながら、なおも考えた。

——あの人は、ぼくの父親と同じ世代の人で、職場の先輩であり、人生の先輩でもある。そして、こんな若造でさえ「先生」と呼ばれる職場に、ぼくはいる。だから、あれこれ考えず、あの人を「先生」と呼んでしまえば、それですむ話かもしれない。

けれども、ぼくのなかの何かが、そうすることをかたくなに拒みつづける。

実際、同じ病棟で働いていたときも、ほかの先輩のことはなんのためらいもなく「先生」

と呼んでいたにもかかわらず、あの人だけはどうしても、名前抜きにただ「先生」と呼ぶことができなかった。

もとよりあの人は、「先生」と呼ばれるのがきらいだった……。

コーヒーカップを手に机にもどると、空はすっかり明るくなっていた。


自分で言うのもなんだが、ぼくはいたってフツーな人間だ。

中肉中背、ルックスも人目を引くようなもんじゃない。職業がら、こぎれいにするよう気をつかってはいるが、おしゃれにはまるで興味なく、服はほとんどユニクロですませている。

通知表には毎年、判で押したように「温厚な性格」と書かれていた。

どんな集団にもすぐ溶けこみ、大勢のなかに埋もれるタイプだ。むかし倫理社会の教科書で、ギリシャの哲学者・エピクロスの「隠れて生きよ」というフレーズを見つけて以来、なるべくそのすすめを実践するよう心がけてきた。

もちろん医師免許をゲットするため、それなりに努力を重ねてきたけれど、なんでもそこそこというのがぼくの唯一の特徴だろう。さしたる夢や将来の展望などないが、要領はいいほうだと思う。

いったん甘い蜜を吸うと、人の欲望はとどまるところを知らなくなる。ヘタに野心を持つと、要らぬ負担を抱えこみ、自分の首を絞《し》めることになりかねない。波に逆らってあがくより、大きな流れに身をゆだね、漂って生きるほうが楽だと、子どものころから思っていた。

ぼくがこんな性格になったのは、生まれつきの部分もあるかもしれないが、やはり父の影響は否定できないだろう。いわゆる「反面教師」というやつだ。

わざわざ人前で語ることじゃないけれど、あえて本音を明かしておこう。ぼくが医者になったのは、人の命を救おうと思ったからではない。

ぼくの父は、その方面では名の知れた実業家だった。

子どものころ、父と食卓を囲んだ記憶はほとんどない。底知れぬ野心家で、スタンドプレーが大好き、生き甲斐《がい》は富と名声を得ること。そして、「何事も一流でなければ意味がない」が口ぐせだった。

そんな父に、親近感を抱《いだ》いたことはない。父でありながら、自分とは別世界に住む異人のように感じていた。夢や将来の目標があったわけじゃないが、ただ「彼と同じ道だけは進むまい」と、心に決めていた。

しかし、父と異なる進路を選択するからには、それなりの大義名分が必要だった。中途半端は許されない。将来になんの確約もない漠然とした展望では、鼻持ちならない一流かぶれの男を納得させることは不可能だ。

あれこれ考えた末、とりあえず「医学部を受験しよう」という結論に達した。

当時、父は毎晩のように続く要人との会食がたたり、重い糖尿病を患《わずら》っていた。尊大な父が唯一、頭が上がらないのが医者だった。

高3になったある日、医学部を受験したいと切りだすと、父はまんざらでもない面持《おもも》ちでこう言った。

「そうか……。おまえが決心したのなら、それもよかろう」

思いどおりの展開に「してやったり！」と、胸のうちで叫んだ。

しかし自分で言っておきながら、この時点ではまだ、医学部をめざすという実感も、覚悟もなかった。ぼくを本気にさせたのは、父が続けて放ったセリフである。

「金の心配はするな。どこでも好きな医大へ行かせてやる」

高2までの成績からすれば、とても国立大の医学部になぞ合格できないと、父もわかっていたのだ。

翌日から飯の時間以外、ぼくはずっと机にへばりついていた。このときほど集中し、何かに打ち込んだことは、後にも先にもない。

父の鼻を明かしてやりたくて、そしてまた、父の財力の世話になりたくなくて、一心不乱に勉強した。

ぼくは一浪して、関東の国立大・医学部に合格した。父は喜んでいたが、入学して半年後、急性心筋梗塞《こうそく》で倒れ、あっけなく逝ってしまった。

父のことは好きでなかったから、それほど悲しくなかったけれど、生まれてはじめて無常というものを思い知らされた。

考えてみれば、父という存在がなかったら医者になろうと思わなかったわけだし、父のあの言葉がなかったら、医学部にも合格できなかっただろう……。

しばらくのあいだ、心にぽっかりと穴があいてしまったようだった。

それから今日《こんにち》に至るまで、何かに情熱を注いだことは一度もない。

受験という特殊な時期をくぐり抜け、本来、自分のあるべきスタイルにもどったとも言える。受験勉強そのものは、医者になるためにも、その後の人生を生きていくためにも、役に立つとは思えない。

ただ、一心に勉強をしたおかげで、要領の良さには磨きがかかった。

入学してわかったことだが、医学部というところは大学というより、専門学校である。

何を選択すべきか、どのように勉強すべきか、思い悩む必要はいっさいない。レールはすでに、敷かれている。すべての医学生はまったく同じレールの上を、ただ黙々と走っていく。必要なのは、少しばかりの根気と、要領の良さだろう。

ぼくは6年間、人並みに勉強し、留年することもなく、まずまずの成績で医学部を卒業した。どんな集団に属しても平均点をキープできるぼくとしては、合格率ほぼ9割の医師国家試験に合格するのは、たやすいことだった。

その後、首都圏にある三つの病院で2年間の初期臨床研修を終えたぼくは、ある国立大学・附属病院の分院に、内科医として赴任した。

そこは東京からほど近い、無味乾燥なベッドタウンだった。

地方まで足を延ばせば、もっと条件の良い病院はいくらでもあったが、ずっと都会で暮らしてきたので、いまさら環境を変えるのも面倒くさかった。

初勤務の日、ぼくは朝の7時ぴったりに、病院に着いた。

物事はなんでも最初が肝心である。「先んずれば人を制す」という言葉は好きじゃないが、たしかに人よりほんの少し早くスタートを切るだけで、たいていの場合、うまく波に乗ることができる。

5階の総合内科病棟は、先週まで働いていた職場よりずっと明るく、こざっぱりしていた。ナースたちは患者の採血で病室を回っていて、ステーションに人影はなかった。

ナースステーションの向かいにあるデイルームでは、五、六人の患者が湯のみ茶わんを手に朝のテレビニュースを見ていた。

そのなかに、あの人はいた。

はじめ、ぼくはその人をドクターとは思わなかった。白衣も着ていなければ、名札も下げていない。

とくにやることもなかったので、ぼくはしばらくのあいだナースステーションの一角から、その身元不詳《ふしょう》の男を観察していた。

年は、40代半ばだろうか。ベージュのチノパンにグリーンのカーディガン姿のその男は、ときおり患者の話に相づちを打ちながら、やわらかな笑顔でテレビを見ていた。

「患者の家族だろう」という結論に達し、ぼくは「本日の入院予定患者」を記したボードに、視線を移した。しばらくボードを眺めていると、「先生」と呼びかける声が耳に入った。

ふたたびデイルームに目をやると、患者のひとりがあの人に向かって「先生」と言っているのだった。

ぼくはナースステーションを出ると、デイルームへ向かっていった。これから毎日、世話になる先輩だ。あいさつだけは、きちんとしておかなくては。

「おはようございます、先生」

するとあの人は、こちらに顔を向けた。間近で見ると、顔の皮膚にはつやがなく、刻まれたしわも深かった。ぼくはぺこりと頭を下げた。

「きょうからお世話になります、藤山真吾《ふじやましんご》です」

あの人は、ぼくの目をまっすぐに見た。その目を見て、ぼくはドキッとした。瞳が輝いているわけでも、眼光が鋭いわけでもない。どちらかといえばやさしく、マイルドな目つきだ。けれどもあの人の目は、いままでぼくが見たことがないような、独特の深みをたたえていた。

じっと見ていると吸い込まれそうな気がして、ぼくは思わず目をそらした。

「おはよう……。でもぼくは、先生じゃないよ」

あの人は、おだやかな口調で言った。

まわりの患者たちは、にたにた笑いながらぼくらのやり取りを見ている。どうやら初日から、失態を演じてしまったようだ。

「失礼しました。てっきりドクターだと思ったもので」

ぼくは顔を紅潮させ、頭を下げた。すると、あの人は言った。

「そう、ドクターだよ」

「はあ……」

すっかり混乱しているぼくに、あの人はやわらかな笑みをたたえて言った。

「だけど、君の先生じゃあないな……。ぼくはこの病棟で働いている紺野佑太《こんのゆうた》だ。こちらこそよろしく、藤山君」

あの人は立ち上がると、椅子《いす》の背に掛けてあった白衣をはおった。そして、ふんふんと鼻歌をうたいながら、病室へ向かっていった。

「ちょっと変わり者だけど、いい人だよ、紺野先生は」

患者のひとりが、あの人のうしろ姿を唖然《あぜん》と見送っているぼくに、声をかけた。ぼくはもう一度「はあ」と言って、すごすごナースステーションにもどった。

それが、あの人との出会いだった。

彼らは、あの人のことを「窓際ドクター」と呼んだ。彼らというのは、5階総合内科病棟で働くあの人以外すべてのドクターと、何人かのナースのことである。

もちろん面と向かって、ではない。あの人のいないところで、そう呼ぶのだ。さすがに若いナースたちは「紺野先生」と呼んでいたが、ベテランナースや看護師長が「窓際ドクター」と呼ぶのを、ぼくは何度か耳にした。

なぜ「窓際」なのか――その理由は訊《き》かずとも、すぐに知れた。

大学病院に勤務するドクターは、外来や病棟で診療に当たっているとき以外は、医局で休憩をとったり、医学情報誌を読んだり、論文を書いたりしている。けれども、あの人の姿を医局で見かけることは、まずなかった。

あの人の机は、いつもがらんとしていた。主人が不在なだけでなく、机の上には書類も、雑誌も、ペンも、パソコンも、何ひとつ置いていなかった。

そのかわり、あの人はいつもデイルームにいた。入院患者の診療やナースステーションでの打ち合わせが一段落つくと、別棟にある医局まで移動するかわりに、すぐ目の前のデイルームに向かうのだ。

とりわけあの人が気に入っている（と思われる）スポットは、デイルームの大きな窓の際だった。食事の時間や、土・日の午後など、患者や見舞いの家族でにぎわっているときは、さすがに遠慮していたが、それ以外はたいていそこにいた。

あるときは、窓際のテーブルで患者やその家族と談笑し、あるときは、窓際の席に陣取りコーヒーを飲みながらノートパソコンに向かい、またあるときは、夕焼けを眺めながら窓際に立ち尽くし……。

あの人がいつもデイルームにいた理由は、もう一つある。

大学病院や総合病院で働く内科医は通常、たんなる内科医ではない。それぞれに消化器内科、循環器内科、呼吸器内科などの専門を持っている。たとえば消化器内科であれば内視鏡検査、循環器内科であれば心臓カテーテル検査など、外来診療に加え、専門的な手技を要する検査に追われ、昼間はほとんど病棟にいない。

ところがあの人は、なんの専門も持たなかった。医学博士の肩書きさえ持っていない、という話だった。医学部を卒業したままの、正真正銘の「たんなる内科医」だ。

だから外来での診療が終わり、午後になって病棟へやってくると、あの人は大半のときを、デイルームで過ごした。外来のない曜日は、まる一日そこにいた。

実際の年齢よりだいぶ若く見えたが（年齢不詳と言ったほうが適切かもしれない）、あの人は、ぼくの父親と同世代だった。

少なくとも大学病院において、その年齢で専門医の肩書きを何ひとつ持たないドクターに、ぼくははじめて出会った。町医者でさえ、医学博士や専門医の免状を後生大事に額に入れて、待合室の壁に飾っているというのに（そんなものは本人以外、だれも見ちゃいないが）。

ときどきデイルームで、患者や家族に「先生のご専門は何ですか？」と訊かれると、あの人はいつも、本気とも冗談ともつかぬひょうひょうとした口調で、こう答えた。

「なんでもないか（内科）です」

その答えを聞いたある製薬会社のＭＲ（医薬情報担当者）は、「はっ？」と、鳩が豆鉄砲を食らったような顔をしていた。

当然ながらあの人は、同僚のドクターからは「院内きっての変人」とみなされ、ナースからは「摩訶《まか》不思議なドクター」と思われていた。

けれどもぼくは、あの人のことを不思議に思ったことはない。なぜだかわからないけれど、最初からまったく違和感を持たなかったのだ。

ただ一つ、ずっと不思議に思っていたことがある。ぼく以外のドクターとナースは、医療界の慣習、あるいは世間の常識にのっとって、あの人を総称で呼んでいたからだ。

すなわち、陰では「窓際ドクター」だが、面と向かって話しかけるときは、ほかのドクター同様「先生」と、あの人を呼んでいた。

——はじめて会った日に、ぼくに対して「先生じゃない」と言ったのに、ほかの人からそう呼ばれても何も言わないのは、いったいどうしてだろう?

ずいぶん後になって、ぼくはあの人に理由を尋ねた。

「藤山君なら、意味がわかると思ったからさ」

いつものように窓際に置いた椅子に腰かけ、両足を伸ばしてくつろいでいたあの人は、窓の外に目をやったまま、あっさり答えた。

「意味とは？」

「わかっているだろう？　ぼくは『先生』という生き物じゃなくて、紺野佑太という人間だからさ」

「ではどうして、ほかのドクターやナースには、そのように言わないのですか？」

するとあの人は、やれやれというように肩をすくめて言った。

「そりゃ、時間のムダってもんだ。意味を解さない人間にそんなことを説明したって、らちが明かない」

少し迷ったが、ぼくはさらに訊いてみた。

「どうして、ぼくならわかると思ったんです？」

「直感としか言いようがない」

そう言うと、あの人は「よっこらしょ！」と立ち上がり、窓際に持ってきた椅子をテーブルにもどした。

「そうですか……ありがとうございます」

ぼくは自然にそう言っていた。

あの人は、ぼくの顔を見てふふっと笑い、ナースステーションへ向かっていった。

どうして、「ありがとう」という言葉が口をついて出てきたのか、いまでもわからない。

たぶんうれしかったのだ……あのとき、ぼくは。

その日からあの人は、以前にも増して気になる存在となった。

病棟でのあの人

ぼくは基本的に他人の言動に興味を持たないし、よほど必要にせまられないかぎり、まとまった文章を書くこともない。カルテの記載だって、たいてい3行以内だ。

こんなぼくが、あるひとりの人間の日常について、こと細かに記述することになるとは……。

断っておくが、ぼくはあの人のことをつぶさに観察していたわけじゃない。もちろん取材もしていない。

これから書くことは、あくまでもぼくの目というフィルターを通して見た世界だ。とてもじゃないが、あの人を客観的に描写することは、ぼくにはできない。思い込みや勘ちがいも、多々あるだろう。

甘えかもしれない。でも、こんな勝手なことをしても、あの人なら笑って許してくれそうな気がする。

何よりもぼくは、書かざるをえないのだ。

彼らは、あの人のことを「窓際ドクター」と呼んだ。

5階総合内科病棟に勤務する者のみならず、外来や他の病棟で働くドクターやナースたち、検査技師や事務員など院内のスタッフ間でも、「紺野先生」より「窓際ドクター」のほうが、通りがよかった。

面と向かって呼ばれたことはないにしろ、あの人は当然、院内での自分の通称を知っていただろう。

けれども、あの人自身がそのことにつき、何かコメントするのを聞いたことはない。いつもひょうひょうとしていて、他人の言葉などどこ吹く風、という感じだった。

ドクターたちは、ただ「窓際ドクター」あるいは「窓際」と呼ぶばかりで、あの人のことを話題にしようとはしなかった。「腫《は》れ物に触るよう」とまではいかないが、明らかにみな、あの人とは距離を置いていた。

なんの専門も持たず、ただデイルームで一日を過ごすあの人をバカにし、完全に無視しているドクターもいたが、多くのドクターはあの人のことを多少意識しつつも、あえて見て見ないフリをしているようだった。

いっぽうあの人は、ナースには概して評判が良かった。人気があったというよりも、重宝《ちょうほう》されていたと言ったほうが、適切かもしれない。

ここ5階総合内科病棟においては入院患者の容態が急変しても、あわてふためきドクターをコールしなくてよい。麻薬の処方箋一枚を書くため、わざわざ医局から呼び出され仏頂面《ぶっちょうづら》をしているドクターに、気をつかう必要もない。

なぜならば、いつだってあの人が、デイルームにいるからだ。しかもそれは、ほとんど役立たずの新米研修医などではない。少なくとも内科の診療においては、経験豊富なベテラン医師なのだ。

これほど心強く、なおかつ便利なものはないだろう。5階総合内科病棟だけ特別に、コンビニエンスストアが一つ、付いているようなものだ。

しかしナースたちにしても、けっして和気あいあいとやっているわけではなく、あの人とのあいだには、ある種の隔《へだ》たりがあるように感じられた。

それはドクターたちのように、自ら一定の距離を保つというスタンスではなく、どちらかといえば、近よりがたく感じているふうであった。

あの人は、どんなときもおだやかで、ナースを怒鳴りつけたりしない。面倒なことを頼んでも、イヤな顔をするのを見たことがない。言葉は少ないけれど、いつでも過不足なく適切に、ナースに指示を伝えている。

けれども、ジェントルマンであるいっぽう、あの人は冗談の一つも言わないし、世間話の輪にも加わらない。イヤな顔をしないかわりに、大声で笑うこともない。院内でプライベートな話をするのを聞いたことがないし、ふつうのドクターなら思わず相好《そうごう》を崩しそうなおべっかを使っても、にこりともしない。

ナースからすれば、医者としてのみならず、ひとりの中年男性として、これまでに出会ったことのないタイプであり、どこかしらナゾめいている。

バリアーを張って他人を寄せつけない、というほどではないが、だれしもあの人に近よると、彼という人間の確固たる領域を感じざるをえない。

その領域内に土足のまま入り込むことを躊躇《ちゅうちょ》させる、一種独特な雰囲気を、あの人はかもし出していた。

だから、若いナースはもちろんのこと、ドクターの扱いは手慣れたもののベテランナースでさえ、あの人に気楽に話しかけられなかった。

たったひとり、岡崎《おかざき》ナースを除いては……。

岡崎ナースは5階総合内科病棟の主任ナースで、30代も半ばを過ぎているらしかったが、おばさん臭いところがまったくなく、実年齢よりずっと若く見えた。

化粧っけはほとんどなく、とてもさっぱりした性格だが、それでいて、女性らしいやさしさを感じさせる人である。若いナースからは慕《した》われ、師長からの信望も厚かった。

岡崎ナースは、いわゆるシングルマザーだった。子どもがまだ小さいころに離婚し、いまでは小学3年生になった息子を、ひとりで育ててきたという話だった。

ぼくが見たところ、岡崎ナースはまったく構えることなくあの人と相対し、会話を交わすことができる、院内で唯一のスタッフだった。なんというか、彼女のあの人への接し方は、ごく自然なものだった。

そんな岡崎ナースでさえ、あの人と特別に親しいわけではなかった。ふたりでいっしょに行動することもないし、あの人と冗談を言いあって笑ったり、リラックスして世間話をしている姿も、ほとんど見たことがない。


あの人ともっとも近い距離にあったのは、病院のスタッフではなく、じつは入院患者たちであった。

ナースステーションを出て廊下を横切り、デイルームに一歩足をふみ入れたとたん、あの人は別人になる。

無愛想とは言わないが、スタッフと話すときはほとんど無表情なのに、患者と相対するとき、あの人はつねに柔和《にゅうわ》な笑みをたたえていた。

それは、まるで取って付けたところのない、営業スマイルと呼ぶにはあまりに自然な笑みだった。

スマイルだけではない。スタッフにはほとんどムダ口をたたかないのに、患者たちには気さくにあいさつし、質問されればいつでもていねいに答えた。ときには何時間もデイルームでダベっていることさえある。

要するにあの人は、スタッフに接する態度と、患者に接する態度を、完璧なまでに使い分けていたのである。それは、あの人が意識的にやっていたことなのか、ほとんど無意識のうちにそうなっていたのか、ぼくにはわからない。

いずれにしてもその使い分けは見事としかいいようがなく、あの人の患者に対するサービス精神は、ぼくにとって新鮮な驚きだった。

むかし、ある医療ものの連続ドラマで「医者も接客業です」という回があった。それを見た先輩は翌日、「医者を飲み屋のマスターといっしょにするなんて、ふざけんじゃないよ。ゆるせねえーよな、あのドラマ」と一日中、同僚やナースをつかまえては毒づいていた。

同業者の肩を持つわけじゃないが、ぼくらのなかに接客業という意識が育たないのは、しかたのないことだと思う。いかに患者にサービスしようが、個々のドクターの営業成績にはつながらないからだ。

患者からの評判がどんなに良くても、病院側からの評価ポイントにはならないし、サラリーだって上がらない。そもそもサービスしようがしまいが、きょうも病院は患者であふれ返っている。

自分がサービス業に従事しているなどという意識はつゆほども持ち合わせない、そんな人種の巣窟《そうくつ》であるこの業界で、サービス業の鑑《かがみ》のようなドクターを目《ま》のあたりにするなんて、夢にも思っていなかった。

あの人はデイルームを拠点とし、一日に4回は担当患者を回診していた。研修医より患者のベッドサイドにいる時間が長かった。

とりわけあの人が好んで足を向けたのは、大部屋だった。あるときは治療に納得しない男性患者のクレームに何時間もつきあったり、またあるときは女性患者に囲まれ、お茶を飲みながらよもやま話に花を咲かせたり……。

だからあの人は、自分の担当外の患者のこともよく知っていた。疾病《しっぺい》についてはいざ知らず、患者ひとりひとりの仕事内容や家族構成、食べ物や音楽、そして異性の好みに至るまで、主治医よりよく知っていた。

当然あの人は、多くの患者から慕われ、人気があった。しかしながら、あの人の患者に接する態度は、けっしてウエットではなく、むしろドライだった。

その証拠に、あの人は患者との会話を楽しむいっぽうで、重症患者にはさほど興味を示さなかった。もちろんナースからの要請があれば、いつでも集中治療室にいる重症患者を診察し、適切な処置を行っていたが、コミュニケーションがとれない患者を自ら訪れることは、あまりなかった。

「なんとしてでも患者の命を救いたい」という意識においては、はっきりいってかなり体温の低い人であった。医者でありながら「寿命は寿命」と、諦観《ていかん》しているところがあったように思う。

患者も十人十色だ。

プライバシーにはいっさい触れないで、という若い女性もいるし、入院中、ずっと気難しい顔をしたまま、口を開こうとしない老人もいる。よけいなことはしなくていいから、さっさと病気だけ治してくれという働き盛りの男性もいる。

そんな患者たちには、あの人は無理に話しかけようとしなかった。即座に患者のタイプを見抜き、それぞれの患者の要望に合わせていた。

とにかくあの人は、患者とうまくやっていた。いかなる患者とも、ほどよい関係を保つ術《すべ》を心得ていた。

これはぼくの私見だが、ふつうのドクターが実験室でマウスを相手に実験を重ね、医局で夜を徹し学位論文をしたため、内視鏡検査室や心臓カテーテル検査室で技術を修得するために、つぎ込む時間のすべてを、あの人は、患者との良好な人間関係を築くノウハウを得るために、使っていたのではないかと思う。

そんなあの人のことを、「まるで患者様のご用聞きだね」と、鼻で笑うドクターもいたし、「自分だけいい人になっちゃって」と、やっかむナースもいた。

しかし結局のところ、だれもあの人に面と向かって文句を言うことはできなかった。

アンケート調査によれば、5階総合内科病棟はほかのどの病棟より患者からの評判が良く、病院側からもそれなりの評価を得ていた（ぼくらのサラリーには反映されないが）。

病室の造りやベッドの配置、ナースの応対などもほかの病棟とまったく同じ、独自のモットーやサービスがあるわけでもない。この病棟がほかとちがうのはただ一点、あの人がいつもデイルームにいるということだ。

患者や家族にとって、いつでも気楽に相談に乗ってくれるドクターがすぐそこにいるというのは、とても心強く、ありがたいことなのだ。

もちろんドクターたちは、あの人がいつも病棟の見張り番をしてくれるおかげで、自分らが頻繁に病棟まで呼び出されなくてすんでいるとわかっていたし、ナースたちだって、あの人から少なからぬ恩恵を受けていることを十分承知していた。

あまりにも患者受けが良いため、たまに鼻に付くことがあっても、やはり「窓際ドクター」はスタッフたちにとっても、じつにありがたい存在だった。

会社も同じかもしれないが、大学病院というところは毎日、ときには日に数回、うんざりするほど多くのカンファレンス（会議）がある。朝のカンファレンス、教授回診前のカンファレンス、夕方の専門科別カンファレンス……。

カンファレンスでのあの人は、まったくと言っていいほど存在感がなかった。

いつも最後方の指定席に腰かけ、ややうつむきかげんで研修医や若手ドクターのプレゼンテーションを聞いている。そして、カンファレンスが終わるや否や会議室を出て、デイルームへもどっていく。

あの人がカンファレンスで何か質問したり、発言したりするのを、ぼくは一度も聞いたことがない。首をかしげることもなく、考え込んでいるふうでもなく、ほとんど無表情のまま身動きもせずに座っていた。

ときたま病棟医長に「紺野先生、何かご意見は？」と指名されても、小さな声で「べつにありません」としか答えなかった。まるで答えがわかっていても口に出して言わない、内気な中学生のように。

医者にかぎらずそれなりのキャリアを持つ大人は、ふつう意見を求められれば（たとえ中身がなくても）、もっともらしいコメントをして体裁を整えるものだが、あの人はそういうことをいっさいしなかった。

「窓際ドクター」はその名のとおり、なんの意見も持たない無能な医者と思っているドクターもいたようだが、ぼくはむしろ、その姿を不気味に感じた。

ささいなことに目くじらを立て、ギャーギャー突っ込みを入れてくる先輩ドクターを恐れたことは一度もない。

けれども、プレゼンの最中、何も言わずにじっと聞いているあの人と一瞬でも目が合ったりすると、ぼくはかえって怖くなった。なんというか、すべてを見透かされているような気がして……。


何から何まで、あの人はふつうのドクターとは異なっていた。けれども、ちがっているからといって、ほかのスタッフに何ひとつ、実害を及ぼすわけでもない。

――ほかの先輩ドクターたちと同じように、やがてはあの人の行動を奇異と感じなくなり、デイルームにいるあの人の姿に慣れてしまい、眼中になくなるのだろう。そして、あの人のことを陰で「窓際ドクター」と呼ぶようになるだろう……

ぼく自身、はじめはそんなふうに思っていた。けれども実際のところは、まったく逆であったのだ。

なぜだかわからないけれど、あの人の存在はぼくのなかで、日に日に大きくなっていった。

瑞希とあの人

この春、5階総合内科病棟に配属された若手に、沢野《さわの》瑞希《みずき》というドクターがいた。

彼女は2年間の初期研修を終えたばかり、つまりぼくと同期だが、現役で医学部に合格したため、年は一つ下だった。

沢野ドクターは、ぼくが赴任して2週間後、この病棟にやってきた。

「来週、すごい新人が登場しますよ！」

病棟医長は、彼女がやってくる2、3日前から妙に浮き浮きしだし、ドクターやナースに触れ回っていた。

赴任したばかりのぼくをさしおいて失礼な、と少々気分をそこねていると、病棟医長が声をかけてきた。

「藤山君もがんばらなくちゃね。なんたって、帝都大医学部卒のチョー優秀なドクターですから、彼女は」

医者になるためにそこまで優秀な頭脳が必要かどうかはすこぶる疑問だが、とにかく帝都大学医学部というのは大学入試の最難関である。偏差値ランキングでは、日本中のすべての大学・学部の頂点に君臨し、他の追随を許さない。

同期と張り合うつもりは毛頭ないが、帝都大卒の女医であることに対するやっかみや偏見が、多少なりともぼくのなかに生じたことは否定できないだろう。

しかし、そのことを差し引いても、彼女に対する第一印象は「鼻持ちならない女」だった。


月曜の朝、沢野ドクターが5階に姿を見せると、さっそく病棟医長が彼女を案内して回った。ぼくはナースステーションで入院患者のデータを見ながら、ふたりの様子を観察した。

沢野ドクターは、この病棟で10年は働いたベテランドクターのように、落ちつき払っていた。初々《ういうい》しさなど、微塵《みじん》も感じられない。むしろ、病棟医長のほうが彼女に気をつかい、ときおり彼女の発する質問にたじたじとなっている様子だった。

頭のてっぺんから出るようなキンキンした声は、遠くから聞いても耳障りだし、宝塚の男役顔負けのテキパキした立ち振る舞いも、カンベンしてほしかった。何から何まで、ぼくの苦手なタイプだ。

それでも午後になって、諸々《もろもろ》の手続きを終えた沢野ドクターがナースステーションにもどってくると、ぼくのほうから彼女に歩みよった。物事はなんであれ、最初が肝心だ。

ぼくは彼女に会釈した。

「沢野先生ですね。2週間前からこの病棟で働いている、藤山真吾です。どうぞよろしくお願いします」

彼女は、ぼくの胸元に下がったネームプレートにさっと目をやり、こう言った。

「ああ、藤山クンね。さっき病棟医長から聞いたわ。同期なんだから、お互いカタ苦しいのはやめましょう」

——「よろしくお願いします」くらい言ったらどうだ。おまけに年上のおれを、「クン」呼ばわりしやがって……

明らかに上から目線の物言いにむっとしたが、こんなことでいちいち腹を立てるのも大人げない。これから何か月間か毎日、いやでもこの女と顔を突き合わせ、いっしょに仕事しなくちゃならないのだ。

ぼくはつくり笑いを浮かべ、できるかぎり軽い口調で言った。

「そうだよね。まっ、気楽にいきましょう、沢野先生」

間髪をいれず、キンキン声が耳を刺した。

「やめてよ、その呼び方！」

「はっ？」

「なんか、スッゴク気持ち悪い。同期に『先生』なんて呼ばれたら。アタシのことは、瑞希って呼んで」

ぼくが言葉を失っていると、彼女はもう一度、ぼくのネームプレートを見て言った。

「アタシもあなたを、真吾って呼ぶことにするわ。じゃあ、患者さんを回診してくるから……。あっ、あとで端末の使い方、教えてね！」

瑞希はテーブルの上に置いてあった聴診器をわしづかみにすると、病室へ向かっていった。

ぼくはあっけにとられ、彼女のうしろ姿を見送った。

――「クン」呼ばわりどころか、呼び捨てかよ……。

この病院における労働環境やコンピューターシステム、病棟の雰囲気および患者の傾向などは、9割がた予想していたとおりだった。とりあえず仕事をするうえで、想定外のことは何ひとつなかった。が、しかし……。

なんの変哲もない無味乾燥なベッドタウンの、これといった特徴もない大学病院の分院で、これほどのカルチャーショックを受けるとは！

大学病院の内科病棟で、「先生と呼ぶな」と注文をつけるドクターがふたり同時に現れるなんて、肺結核と心筋梗塞を同時に患う確率よりも低いだろう。

ぼくが直感にすぐれた人間じゃないことは認めるし、こんな若造がすでに人を見抜く力を備えていたら、かえって気持ち悪いだろう。

それにしても、人との出会いっていうのはおもしろい。第一印象というのは、えてして当てにならない。

意外なことに、5階総合内科病棟でいっしょに働きはじめて2週間もたつと、沢野ドクターは悪くない同僚、いや、それどころか非常に優れた同僚であることが判明したのだ。あまりに優秀すぎてときたま鼻につく、という欠点を差し引いても、これほどやりやすい仕事仲間は、そうはいない。

サラリーマンも同じだろうが、われわれも患者との関係がうまくいかなかったり、指導医や病院の体制に不満があったりで、日々たくさんのストレスを抱えながら仕事をしている。研修医時代は控え室にもどると、仲間たちはいつも不満たらたらだった。

沢野ドクターは、病棟でいやなことがあっても、不満やグチはいっさい口にしなかった。腹を立てているようにも、不満を抱え込んでいるようにも見えない。かといって、感受性が鈍いわけでもなさそうだ。

たぶん、頭の切り替えがものすごく速いのだろう。

よけいなことはしゃべらないから仕事が中断されることはなく、となりに座っていてもまったく気にならない。そのうえ人並みはずれた集中力があり、処理能力も高いから、こちらまで仕事が速くなる。

何よりも頭が切れるというのは、ほんとうにありがたい。連絡事項にしても、一を伝えれば十まで察してくれるのだから、こんなに楽ちんなことはない。ちょっとわからないことがあっても彼女に訊けば、いつも的確な答えが返ってくる。

ムダ話はしないけれど、彼女はけっしてむっつりしているわけじゃない。ぼくたちは適度に会話していた。患者の疾病について意見を交わすこともあったし（ほとんどの場合、彼女が正しかったけれど）、たまには世間話もした。

慣れてくると不思議なことに、頭のてっぺんから出るキンキン声も耳障りではなくなった。テキパキした立ち振る舞いも、かえって気持ちよく感じるようになっていった。

じつにさばさばした性格で、女性を意識させることはほとんどない。そもそも女として好みのタイプじゃないから、ヘタに好意を抱くというやっかいなことも起きっこない。

はじめはかなり抵抗があったが、彼女を「瑞希」と呼ぶことも、彼女から「真吾」と呼ばれることも、だんだん当たり前になっていった。慣れてしまえば「先生」なんて呼びあうより、名前で呼びあうほうがずっといい。

気がつけば、ぼくらはいいコンビになっていた。

そんな瑞希が、あの人の存在をどう感じているのか、ぼくはとても興味があった。「窓際ドクター」という呼び名を聞いた瞬間、彼女はその意味を察したようだ。さすが、頭のいい人はちがう。

先輩ドクターにならってあの人を「窓際ドクター」と呼ぶことはなかったが、やはりほかのドクター同様、瑞希もはじめのうち、あの人とのあいだに距離を置いていたように思う。そもそも瑞希とあの人がかかわりを持つことは、ほとんどなかった。あの人は研修医の面倒をみていたし、彼女はデイルームで患者と世間話をするようなタイプじゃなかったから。

たぶんふたりは、言葉を交わしたこともなかっただろう。

少なくとも、あの日までは……。

ゴールデンウィーク明けの月曜日、ある女性患者が5階総合内科病棟に入院した。

肝臓を患っているが、食道静脈瘤《りゅう》も抱えている患者との話だった。静脈瘤を併発しているとなれば、肝障害の程度はかなり深刻だ。30歳の若さで、すでに肝硬変の域にまで達していると思われる。

通常、肝硬変の原因として考えられるのは、肝臓に棲《す》み着いたウイルスから受けるダメージの蓄積か、やはり長年にわたるアルコール摂取過多のどちらかである。

しかし他院における血液検査では、彼女はB型肝炎ウイルスも、C型肝炎ウイルスも陰性とのことだった。アルコール性肝硬変の患者はぼくが知るかぎり、いずれも中高年の男性で、失礼だがアルコール依存症の成れの果てといった感じである。

30歳の女性が肝硬変にまで至ってしまうというのは、何か特別な原因があるはずだ。その原因をつきとめるべく、彼女は他院からこの大学病院に紹介されてきたのだ。

月曜の9時半にスーツ姿で病棟に現れたその女性は、少々やせてはいるが顔色も悪くなく、優良企業のオフィスで働く清楚《せいそ》なOLといった感じだった。とても重病を患っているようには見えない。

「なんで肝硬変になんか……」と、ぼくはちょっと気の毒になった。

彼女の主治医になったのは、瑞希だった。

ぼくは彼女の病態に興味があったが、自分が担当することになった新入院患者への対応や、重症患者の治療に追われ、彼女のことを瑞希に訊いている余裕はなかった。

瑞希は瑞希で、ぼくはぼくで、各々あわただしく働き、一日が過ぎていった。

翌火曜日は、教授回診の日であった。

回診前のカンファレンスで、瑞希は例の女性患者、Nさんの新入院患者要約を発表した。

いつものことだが、瑞希はNさんの家族歴、既往歴にはじまり、肝障害のこれまでの経過、入院に至った経緯、昨日の検査結果の分析等々、過不足なくテキパキとプレゼンテーションしていった。疑われる疾病に関する文献もすでにいくつも読み、診断の根拠となる裏付けも取っていた。

たった一日でよくここまで調べ上げ、まとめられるものだと、ぼくは感心して瑞希のプレゼンテーションに聞き入った。

Nさんのように、いまだ病態が明らかになっていない患者の場合、たいていの医師は可能性のある疾患名をいくつか挙げ、「これから種々の検査を施行し、その結果に基づき診断を確定し、治療法を考えますが、みなさん何かご意見は？」といった感じでプレゼンを進めるものだ。

しかし、瑞希はすでにNさんの疾患にほぼ目星をつけ、診断を確定するために行う専門的検査のスケジュールも入念に組んでいた。

彼女のプレゼンテーションは非の打ち所がないほど論理的で、かつ説得力があった。そのうえ、Nさんと類似の症例報告まで紹介したため、聞いていた先輩ドクターはみな納得し、だれも意見を言わなかった。

瑞希が目星をつけた疾患とは、「バッド・キアリ症候群」だった。

胃腸から食物の栄養分を吸収し、門脈を通じていったん肝臓に運ばれた血液は、肝静脈を通って肝臓の外に流れ出て、やがて下大静脈《かだいじょうみゃく》に合流し、心臓へともどる。何らかの原因により、肝静脈や下大静脈が閉塞《へいそく》すると、肝臓から心臓へ血液がもどれなくなり、肝臓内に血液が滞ってしまい、障害をきたす。また、肝臓をめぐる体内の血流全体が障害されるため、下肢の浮腫《ふしゅ》や腹水、食道静脈瘤などが生じる。

このような病態を「バッド・キアリ症候群」と呼ぶ。

バッド・キアリ症候群は、肝臓系疾患の一つとして医学生はかならず講義を受けるし、医学部の卒業試験や医師国家試験にも、しばしば出題される。

しかし臨床の場において、バッド・キアリ症候群の患者は「まれ」と言っていい。実際、ぼくは医者になってからまだ一度も、バッド・キアリ症候群の患者を担当していないし、勤めていた病棟に患者が入院していたこともない。

だから正直、瑞希のプレゼンを聞いても、いまひとつ実感がわかなかった。けれども同時に、「ふーん、ホントだったらスゲーな」という気持ちもあった。

やはり優秀なドクターというのは、ぼくたち並のドクターとはちがい、患者の引きがちがうのだろうか……。

先輩医師たちはみな、いつになく興味深そうに瑞希のプレゼンに聞き入っていた。

ぼくはふと、うしろをふり返った。

例によって最後列に座っているあの人は、ややうつむきかげんで、無表情のままだった。別の言い方をすれば、あの人だけがいつもと同じように淡々としており、瑞希のプレゼンに反応していなかった。

Nさんに関するプレゼンが終わると、教授は満足そうにうなずき、瑞希に声をかけた。

「うーむ、なかなか興味深い症例だねえー。沢野先生、ぜひ次回の症例検討会で、結果を報告してくれたまえ」

月に二度行われる症例検討会には、院内すべてのドクターが集結する。そして、その日の担当ドクターが、問題となった入院患者の症例や、珍しい症例などを、こと細かにプレゼンテーションする。検討会といいながら、実際はほとんどのケースが事後報告である。

この場で報告された症例は、たいてい学会で発表されることになる。そして当然、学会での発表は個々のドクターの評価につながり、その評価の積み重ねによって、ドクターは助手、講師と、一段ずつ階段を上っていく。

それが大学病院というものだ。

ぼく自身は大学病院での出世には興味がないから、大学側からの評価なんて気にしちゃいない。学会発表の準備のために貴重な時間を奪われるのは、まっぴらご免だ。だから、赴任早々チャンスを与えられた瑞希をねたむ気持ちなんて、これっぽっちもなかった。

それでも、教授の言葉に違和感を覚えたことは確かだ。

——まだ「バッド・キアリ症候群」と決まったわけじゃないのに、ずいぶんと気の早い話だなあー。まあ、たしかに興味深い症例ではあるけれど……


教授回診を終えた火曜の夕方は、一週間のうちでもっともストレスから解放される時間だ。木曜日までカンファレンスはないから、プレゼンの準備のために資料を集めたり、レジュメを作ったりする必要もない。

入院患者に関する指示をナースに申し送り、きょうは早めに切り上げてアパートに帰ろうかと思っていたら、ふとNさんの姿が目にとまった。

患者たちの夕食が終わり、がらんとしたデイルームで、Nさんはひとりポツンと窓際の椅子に腰かけ、ぼんやりと外の景色を眺めていた。ほとんど無表情だが、どことなく寂しげな目をしている。

そこへ、夕方の回診を終えたあの人が、デイルームへやってきた。

あの人は遠慮したのか、しばらくNさんとは距離を置き、いつものように窓際に立っていたが、やがてほほ笑みながら彼女に近づいていった。

「きれいな夕焼けですね」

Nさんは少し驚いた様子だったが、やがてこっくりうなずいた。

「ええ、ほんとうに……」

ぼくはナースステーションで患者の体温表を見るフリをしながら、耳をそばだて、ちらちらとふたりの様子をうかがった。

あの人はNさんのとなりに腰かけると、ふたたびほほ笑み、話しかけた。

ふたりの声は小さくてほとんど聞き取れなかったが、Nさんも徐々にリラックスしてきたようで、ときおり笑顔を見せながら、あの人と会話していた……。

「おつかれ！」

いきなり肩をたたかれ、ぼくはびくっとして、ふり返った。

いつの間にか白衣を脱ぎ、バッグを肩から下げた瑞希が立っていた。

「あっ、どーも……おつかれ」

ぼくはしどろもどろに答えた。

「何をびっくりしてるのさ。アタシって、そんなに怖い？」

瑞希は笑って言った。まるで屈託のない笑顔だった。

盗み見していた現場を押さえられたかと少々気まずかったが、幸い瑞希の視界にデイルームのふたりは入っていないようだ。

黙っているぼくに、瑞希が訊いてきた。

「もう仕事は終わったの？」

「まだだよ」

「あとどのくらいかかる？」

「そうだな……」

瑞希はあいかわらず、機嫌良さそうに笑っている。

「体温表をもどして、控え室で白衣を脱ぐのに、1分ほど」

「じゃ、これから飲みにいかない？」

瑞希から誘われるとは思ってもみなかったが、女性と飲みにいくというより、これでほんとうの仲間になれるような気がして、ぼくはちょっとうれしかった。

「いいね、こないだうまい焼き肉屋、見つけたんだ」

「おごってくれるの？　真吾」

「なんでおれが、瑞希におごらなきゃならないんだよ！」

ビールジョッキを片手に、瑞希は終始ご機嫌だった。こんな絵に描いたようなエリートでも、教授回診前のプレゼンがうまくいくとうれしいんだな、とぼくは思った。

思いのほか、瑞希はマメだった。

もうもうと上がる煙を気にすることもなく、運ばれてきたタン塩やカルビを次々と網にのせ、手際よくひっくり返しては、ぼくの皿に入れてくれた。きっと良家のお嬢さんだろうと勝手に決めつけていたが、もしかしたら彼女は、庶民的な家庭で育ったのかもしれない。

こうやってさしで飲み、しゃべっていると、帝都大学出のエリート医師だなんてまったく感じさせない。どこにでもいる、26歳の明るい女の子だ。

酒が入るとキンキン声はさらに大きくなり、少しばかり耳が痛かったけれど。

日々の診療や教授回診のストレスから解放され、瑞希もぼくも食欲旺盛だった。肉も野菜も、次々とふたりの胃袋に消えていったが、なぜか大きなシイタケが二つ、網の上にいつまでも残っている。

遠慮しているのかと思って、ぼくは瑞希にすすめた。

「シイタケ、焦げて真っ黒になっちゃうよ。食べたら？」

すると瑞希は、しかめ面をして答えた。

「最初から黒いわよ、シイタケなんて」

「まあね」

「アタシ、きらいなの。真っ黒なカサも、うらのヒダヒダも、なんかグロテスクじゃない？」

これには笑った。じつはぼくも、大のシイタケぎらいなのだ。

もう一つ、ぼくと瑞希には共通点があった。

なんと、誕生日がいっしょだったのだ。全然ちがう性格なのに、どういうわけか馬が合うのは、そのせいかもしれない。

だけど、いちばん気に入った点は、瑞希がいっさい仕事の話をしないことだ。気分転換するため飲みにきたっていうのに、仕事のグチをうじゃうじゃ言うやつはまっぴらだ。

ただ一度だけ、なんの脈絡もなく唐突に、彼女は言った。

「真吾はよく、紺野先生と話しているね」

「そうかな」

自分ではそんなつもりはなかったので、瑞希にそう言われて意外だった。けれども前々から少し興味があったことだし、この機会に彼女に訊いてみようと、ぼくは思った。

「瑞希はどう思う？　紺野先生のこと」

「どうって……」

珍しく、瑞希は口をつぐんだ。

「そうだな、たとえば紺野先生がほかのドクターから、『窓際ドクター』って呼ばれていることとかさ」

すると、彼女はきっぱり言った。

「本人のいないところで『あの人はどうだこうだ』って言うの、あんまり好きじゃないのよね。それって反則じゃない？」

――ごもっとも……

正論を言われ返答に窮していると、瑞希はテーブルの端にぶら下がっていた伝票をつかみ、さっと立ち上がった。

「きょうはアタシが誘ったから、ごちそうする。次回はよろしくね、真吾」

――やっぱり、この女にはかなわない。

ぼくはすごすごと、瑞希のあとについていった。


翌日の午後、控え室で仕事をしていると、あの人が突然、部屋に入ってきた。あの人が医師控え室に入ってくるのは、はじめてのことだったので、ぼくは少し驚いた。

あの人は、ぼくではなく、瑞希の机に向かっていった。

「沢野君、ちょっといいかな？」

「なんでしょう？」

瑞希はパソコンから目を離した。彼女があの人と面と向かうのは、おそらくはじめてのことだろう。

「席を外しましょうか？」

そう言いながら、われながらこずるいやつと思った。

もしふたりの会話をこっそり聞きたい気持ちがなかったら、黙って席を立っていただろう。実際、ぼくはこれからふたりが何を話すのか、興味津々だった。

「べつに、かまわないよ。そのまま仕事を続けてくれたまえ」

少しほほ笑んで、あの人は言った。

ぼくは、ふたりの会話に耳をそばだてながら、パソコンに向かって意味のない文章を打ち込んだ。

「きょうNさんは、何か検査があった？」

「はい。午前中、上部内視鏡検査がありました」

「どんな具合だった？」

「予想はしていましたが、食道静脈瘤の程度はかなり深刻です」

「そうだろうな……。で、今後の検査予定は？」

「きょうは午後3時から、腹部CT検査です。明日の午前中は、超音波ドプラー検査、午後は肝生検の予定で、あさっては、下大静脈・肝静脈造影検査が入っています」

瑞希は、パソコン画面を見て予定を確かめるまでもなく、瞬時に答えた。

「では、明日からの検査はキャンセルしたほうがいい」

「どうしてですか？」

「意味がないからだ」

ぼくは思わずパソコンから目を離し、ふたりを見やった。

「意味がないですって？」

あの人をキッと見すえ、瑞希は言った。

「ではどうやって、Nさんの診断を確定するとおっしゃるのですか？　ドプラー検査や造影検査を施行しなければ、静脈の閉塞や狭窄《きょうさく》は証明できないし、Nさんの病態生理だって把握できないでしょう」

あの人は、小さくため息をついて言った。

「君はほんとうに、Nさんの疾患は『バッド・キアリ症候群』だと思っているのかい？」

「少なくとも現時点では、もっとも疑われる疾患だと思います。たとえそうでなかったとしても、検査をする意味は十分にあると思います。それに……」

瑞希をさえぎるように、あの人は言った。

「意味はない。すでに診断はついている」

瑞希とぼくは驚き、あの人の顔を見つめた。

あの人は無表情のまま、おもむろに口を開いた。

「Nさんの疾患は、『アルコール性肝硬変』だ」

「えっ！」

「まさか！」

瑞希とぼくは、同時に声をあげた。ぼくらはしばらく絶句していたが、瑞希がようやく声をしぼり出した。

「でも……Nさんは、月に一度ワインを飲むだけのはず……。紹介状にもそう書いてあったし、ナースの問診でも同じだった」

「彼女から直接、聞いたのかい？」

「ええ、念のため私も確かめましたけど……。やはり同じ答えでした」

「もう一度、Nさんのベッドに行って訊いてごらん。今度こそ、彼女は洗いざらい話してくれるだろう」

瑞希は真っ赤な顔をして、控え室をとび出した。

あっけにとられているぼくにほほ笑みかけ、あの人はゆっくり部屋から出ていった。

オフのあの人

翌週、教授回診前のカンファレンスで、瑞希は前週発表したNさんの新入院患者要約に誤りがあったことを謝罪した。

すなわち、「バッド・キアリ症候群」を疑ったのは完全に自分の見込みちがいであり、問診を十分に行わなかったという初歩的ミスによるものである、と認めたのだ。

なんと、その後Nさんが打ち明けたところによると、彼女は毎晩、ワインのフルボトルを1本、空けていたそうである。それもまる8年間、一夜も欠かすことなく。

瑞希の話を聞き、「もの静かで礼儀正しく、清楚なあのNさんが！」と、ドクター一同、仰天した。人というのはまったく、見かけによらないものである。

臨床実習で参加している学生を含めると、三十人あまりのドクターの前で、瑞希は悪びれることなく、素直に頭を下げた。言いわけの言葉は、いっさいなかった。

しばしの沈黙の後、教授が瑞希に声をかけた。

「いい勉強になったね、沢野先生」

まるで、己にはなんの責任もないかのような、教授の口調だった。つい1週間前、自分も瑞希のプレゼンを鵜呑《うの》みにし、「バッド・キアリ症候群」の症例報告を期待したことなど、すっかり忘れてしまったようだ。

教授は、神妙な顔をして最前列に座っている学生たちに、もったいをつけて言った。

「まさに“Listen to the patient. He's telling you the diagnosis.”（患者の話に耳を傾けよ。彼はあなたに診断名を告げている）だねえー。君たちもこの格言を、しっかりと胸に刻み込んでおくように」

――まったく、よく言うよ。あんただってNさんがアルコール依存症とは、これっぽっちも疑ってなかったくせに。

教授のわざとらしい言動に比べ、瑞希のなんと潔《いさぎよ》いことか！

ぼくは瑞希に惚《ほ》れなおした。もちろん、女としてじゃない。仕事仲間として、彼女は完璧じゃないか。尊敬の念さえ芽生えてきた。

――それにしても……

ぼくが瑞希と飲みにいった夕方、あの人はデイルームでNさんに話しかけていた。いま思えばあのとき、彼女から真実を聞き出していたのだ。

けれども、Nさんと雑談をするなかで偶然、彼女がアルコール依存症であることが発覚したとは思えない。おそらく、あの人ははじめから、彼女の疾患は「アルコール性肝硬変」ではないかと疑っていた。

だからあの日、瑞希のプレゼンテーションを聞いた後、あの人はNさんと話す機会をうかがっていたのだろう。ドクターたちにとっては興味津々だが、彼女にとっては苦痛以外のなにものでもない、ムダな検査を回避するために。

その証拠に、ふたりがデイルームで話しはじめたのは、患者の夕食も終わり、そろそろ7時になるころだった。

——考えてみたら、夜の7時まで病棟にとどまるなんて、あの人にとって尋常ならざることじゃないか。

少なくともぼくたち大学病院で働くドクターに、「アフターファイブ」という言葉は存在しない。定時に仕事を終え、家路につくドクターなどひとりもいないし、「ノー残業デー」も、ありえない。

そんなわれわれの常識を、いともあっさりくつがえしてしまったのも、あの人だった。

5階総合内科病棟だけ特別に付いているコンビニエンスストアは、残念ながら24時間営業ではなく、「シックス-シックス」だった。つまり営業時間は「朝の6時から夕方の6時まで」と、決まっていた。

あの人の朝は早い。6時きっかり、まだ研修医でさえ姿を見せない時刻に、あの人はナースステーションに現れる。

ぼくもかなりの朝型と自負しているが、それでも患者の急変がないかぎり、出勤は7時過ぎになる。8時半に朝のカンファレンスがはじまるころには、あの人は朝の回診をすませ、担当患者全員の容態を把握し、ナースへの指示を出し終えている。

朝のカンファレンスが終わると、あの人は火曜日と木曜日は外来診療にいそしみ、その他の日は研修医の指導や病棟の見張り番をしている。そして午後は、ほとんどのときをデイルームか患者の部屋で過ごす。

ほかのドクターとちがって、他病院や診療所へアルバイトに出かけることもないし、学会や研修会に参加することもない。平日の日中は例外なく、病棟にいる。

そして夕方になると、よほど特別な事情がないかぎり、あの人は6時きっかりに病棟をあとにする。夕やみせまり、患者たちの夕食のワゴンが病棟に運ばれてくると同時に、デイルームから姿を消すのだ。

あの人は50歳を超えているので、当院の規定により当直も免除されている。日中はかならず病棟にいるかわり、夜間にあの人の姿を見ることは皆無だ。

それでもまる12時間、病院内で過ごすのだから、常識的に考えればけっして短い労働時間ではない。

けれども大学病院というのは、一般常識の通用しない世界だ。毎日定時に帰宅するドクターなど、ひとりもいない。むしろ、夕方の6時からようやく腰を落ちつけ、本格的に仕事に取りかかるといった感じだ。

仕事とプライベートを分けているドクターはほかにもいるけれど、あの人の割り切り方は、無慈悲なまでに完璧だった。昼間、太陽の光がどんなに明るく万物を照らし、生きとし生けるものにぬくもりを与えようが、日が沈んだとたん、暗やみに支配された冷たい世界が待ち受けているように。

病棟ではすべての時間を患者のために使っているあの人だが、一歩、病院外に足をふみ出せば、いかに担当患者の容態が急変しようがいっさい関知しない。すべては当直ドクターまかせで、病院に舞いもどってくることはまずなかった。

そんなあの人を「身勝手」、「医師として自覚が足りない」、「外ヅラはいいがじつは冷酷」などと批判する人もいた。

けれども医者だって人間だ。いい仕事をするためには、適度な休息や気分転換も必要だろう。むしろ、あの人は職業人としてあるべき姿を実践し、きちんと分業体制を確立しようと、ほかのドクターに呼びかけていたのではないだろうか。

しかし現実には、この業界で「窓際ドクター」と呼ばれることなしに、あれほどスパッと公私を分けることは不可能に近い。

ぼくだって、あの人のようなライフスタイルに憧れはする。むろん事なかれ主義のぼくに、実践する勇気はないけれど……。

そう、あの人はじつは、とても勇気ある人なのだ。なんと呼ばれ、どう思われようが、大学病院のドクターとして例外的な行為をたったひとりで実践し、この狭い世界できょうまで生き延びてきたのだから。

ぼくが「オフのあの人」に興味を持つようになったのは、二度目に瑞希と飲みにいった夜からである。

その晩、ぼくはちょっとした衝撃を受けることとなった。

瑞希がネット検索で探したという店は、かなり本格的なイタリア料理店だった。

店に入るなり、「しまった銀行に寄って金をおろすんだった」と後悔した（たとえ一時でも借金するのはいやなので、ぼくはクレジットカードを持たない主義だ）。今回は、ぼくが瑞希にごちそうする番だったから。

「心配しなくても大丈夫よ」

メニューを開き、ワインや料理の値段を確認しているぼくに、瑞希が声をかけた。

「真吾におごってもらうのに、高級な店、選ぶわけないじゃない」

「べつに心配なんかしてないさ……。何を食べようか、コースにする？　それとも、アラカルト？」

思いのほかリーズナブルな値段に内心ホッとしながら、ぼくは瑞希に訊いた。

「アラカルトがいいな。アタシこういうお店では、前菜をいろいろ注文するのが好きなんだ」

瑞希は、厨房のわきに立てかけたボードにびっしりと書き込まれた「本日のおすすめ」を、うれしそうに眺めながら言った。

「あの『菜の花入りエビとヤリイカのハーブグリル』って、おいしそうだね」

「アタシは、オリーブカクテルとラタトゥイユとサーモンのバター香味ソースと……おなかがすいたから、パスタとピザも頼んでシェアしない？」

「わかった、わかった……。お酒は何にする？　グラスワインもいろいろあるけど」

「やっぱ、まずはビールでしょ！」

瑞希はあいかわらずマメで、運ばれてきた前菜を次々と手際よく、小皿に取り分けてくれた。

前菜とパスタをあらかた食べ終え、ぼくがビールと白ワインを1杯ずつ、瑞希がビールのジョッキを2杯飲み干すと、ふたりの胃袋はだいぶ落ちついてきた。

マルゲリータとイベリコ豚のソテーが運ばれてきたので、ぼくたちは赤ワインをデカンタで注文した。

「こんな所で仕事の話をして悪いんだけど……ちょっと質問してもいい？」

珍しく、瑞希が遠慮がちに訊いてきた。

「何が悪いんだよ。グチでなければ、どんな話だって聞くさ」

彼女が下手《したて》に出てきたので、ぼくは図に乗ってエラソーに答えた。

「どうして紺野先生は、Nさんがそんなにお酒を飲んでいたって、わかったんだろう？」

あの人の名前が瑞希の口から出てくるのは、はじめて飲みにいった日以来、二度目のことだった。

「あれっ？　瑞希はあの人……いや、紺野先生から何も聞いてないの？」

ぼくはちょっといい気分だった。瑞希に対して優越感にひたれるなんて、めったにあることじゃない。

「うん。紺野先生は自分からしゃべらないし、なんだかアタシも訊きづらくて……」

「怖いものなしの瑞希がそんなこと言うなんて、意外だな」

「真吾は紺野先生と仲いいでしょ？　Nさんの話も聞いているんじゃないかと思って」

「べつに仲いいとは思わないけどね……」

ピザカッターでマルゲリータを六等分しながら、ぼくは言った。

「覚えてる？　はじめて飲みにいこうって、瑞希が誘ってくれた日のこと」

「うん、たしか教授回診があった日よね」

「瑞希は気がついていた？　じつはちょうどあのとき、紺野先生はデイルームでNさんと話していたんだ」

「ぜんぜん気づかなかった……」

「そこでNさんから、真相を聞き出したってわけさ」

「そうだったの……。でも、聞き出したってことは、偶然じゃないわよね」

「ぼくもそう思った。だからあのあと、紺野先生に訊いてみたんだ。『はじめから、Nさんの飲酒歴を疑っていたのですか？』って」

「なんて答えたの？　紺野先生」

「Nさんが入院した日の午後から、だそうだ」

「理由は？」

「なんだと思う？」

「もったいをつけないでよ。わからないから訊いてるんじゃない」

「にお
いだって」

「におい？」

「うん。廊下でNさんとすれちがったとき、リンゴが発酵したようなにおいが、かすかに漂ってきたそうだ」

「においか……。アタシ、病棟ではいつもマスクをつけてるから」

「うん、ぼくも患者を診察するときは、かならずマスクをしている」

「気づかないわよね、マスクしてたら」

「でも考えてみたら、においだって診察所見の一つだよね」

「そうね……。患者さんと話をするときくらい、マスクを外すべきかもしれない。少なくとも、感染症の患者さんじゃないってわかっていれば……」

　話の途中で、突然、瑞希がかたまった。

　ふり返ると、瑞希の視線の先に、あの人がいた。あの人は、30代と思われる上品な女性と連れ立って、店に入ってきた。

　あの人はすぐに、ぼくと瑞希の存在に気づいたようだが、とくに驚いた様子はなかったし、気まずそうな顔も見せなかった。

あの人は、ぼくたちに声をかけなかった。ただ小さく手を上げて、かすかに笑ったように見えた。ふたりはウェイターに導かれ、ぼくらの席からテーブル二つはさんだ予約席に腰かけた。

あの人はデイルームにいるときとは、まるで別人だった。

麻のサマージャケットをはおり、すっと背筋を伸ばし、ぼくたちのわきを悠々と通りすぎてゆくさまは、スクリーンから出てきた俳優のようで（ただし、それは主人公ではない。登場シーンこそ少ないが、ときとして主役を食ってしまう存在感ある脇役といった感じだ）、女性をエスコートするその姿は、お世辞抜きにカッコ良かった。

瑞希とぼくは、しばし無言であの人を見つめていたが、あの人は二度と、ぼくたちに視線を向けはしなかった。

正面に向きなおると、瑞希はまだ、あの人を見ていた。

彼女の目を見て、ぼくはハッとした。それは、ぼくがあの人を見る憧れの視線とは、まったく別のものだった。

まばたきもせずあの人を見つめる瞳は、明らかに熱を帯びている。それでいて、眼光はあくまで鋭く、挑戦的な気配すら感じさせた。

ぼくにとっては、あの人が見目麗《みめうるわ》しき若い婦人とふたりで現れたことよりも、瑞希があの人を見るその目つきのほうが、よほど衝撃的だった。

いけないものを見てしまったような気がして、ぼくは瑞希から視線をそらし、マルゲリータに手を伸ばした。

ちょうどそこへ、赤ワインのデカンタと新しいグラスが運ばれてきた。ぼくは無言のまま、二つのグラスにワインを注《つ》いだ。

「うまいよ、このピザ。冷めないうちに食べなよ」

目を合わせないまま、ぼくは瑞希に声をかけた。

「なに言ってんの、真吾。もう食べてるわよ」

顔を上げると、いつの間にか瑞希はマルゲリータをほおばっていた。すでに、いつもの涼しげな目にもどっている。

あの人について何もコメントしないまま、瑞希は二切れ目のマルゲリータに手を伸ばした。

どのように会話を再開したらいいものか、ぼくは困ってしまった。自然な流れをぷっつり断ち切られたみたいで、どう切り出してもわざとらしい気がした。

けれども、ここであの人の話をしなかったら、もっと不自然だろう。

「いやー、びっくりしたなあー。まさか、ここに紺野先生が現れるとは。うわさをすれば……なんだっけ？」

「影がさす、でしょ」

瑞希は表情を変えることもなく、ワイングラスを口に運んだ。

「紺野先生、カッコいいね」

「そう？」

「病棟にいるときと、雰囲気ちがうと思わない？」

「そんなに変わらないと思うけど」

瑞希はちっとも反応してくれない。こっちが気をつかっているのに、この素っ気ない態度はなんだろう。

ぼくのなかでむくむくと、意地悪な気持ちが頭をもたげてきた。

——これほど無関心を装うのは、あの人のことを意識しているからにちがいない。ならば、いっそ核心に触れてやれ。

「たしか紺野先生、独身だったよね」

「さあ、どうかしら」

「いったいどんな関係なのかな、連れの女性とは」

「どうでもいいじゃない」

「興味ないのかい？　瑞希は」

「やめましょ！　そんなこと詮索《せんさく》するの」

そう言って、瑞希は自分のグラスになみなみと赤ワインを注いだ。デカンタはあっという間に空《から》になった。

下世話《げせわ》な話がきらいなのはわかるが、それは必要以上にきつい口調だった。明らかに彼女は、感情的になっている。

「紺野先生は、アタシたちの父親くらいの世代の人なのよ。そんな大人たちのおつきあいに、アタシたちが口出しする筋合いはないじゃない」

「まあ、たしかに……。ワイン、頼む？」

「同じのでいいわ」

「最初から、ボトルにすればよかったね」

身もふたもない瑞希の反応に、ぼくは小さくため息をついた。ここはとにかく、話題を変えるしかない。

「そういえば……」

少し考えてから、ぼくは言った。

「お互い家族の話って、したことがなかったね。瑞希のお父さんって、どんな人なの？」

実際、ぼくは興味があった。瑞希ほど突出して優秀な人物が、いったいどのような家で育ち、両親、とくに父親からいかなる影響を受けたのだろうか、と。

「べつに、ふつうの人よ」

「ふつうって、サラリーマン？」

瑞希はふっと笑うと、ぼくの胸中を見透かしたかのように、こう言った。

「アタシはね、真吾が思っているほど特別な人間じゃないの。どこにでもいる庶民の家に生まれて、ごくふつうの環境で育った」

「ホントかい？」

「小・中・高とも公立校だし、英才教育なんて受けてないわよ」

「でも、ふつうの人間は逆立ちしたって、帝都大の医学部には入れないよ」

ぼくは医学部に入るため浪人までしたから、現実をよく知っている。ぼくの頭では、たとえ十浪しても、帝都大には入れないのだ。

「みんなアタシのこと、カンちがいしてるのよね」

いくぶん口をとがらせながら、瑞希は言った。

「アタシは人並みはずれて意地っ張りで、負けずぎらいなの」

「意地っ張りで負けずぎらいなだけじゃ、帝都大学には行けないさ」

瑞希はやれやれという顔をして、運ばれてきたワインを、今度はぼくのグラスに注いだ。

「じゃあ訊くけど、帝都大医学部の定員は何人？」

「百人だろう。国立大だったら、どの医学部もいっしょだから」

「アタシはまちがいなく、全国でもっとも勉強した百人のなかに入っている。いいえ、たぶん五本の指に入るでしょう。そういうことよ」

　ぼくは驚いた。そんなことを自信たっぷりに言い切れる人間が、存在しようとは！

　浪人時代、全国公開模試50位以内というつわものを何人か目のあたりにしたけれど、そういう人たちは勉強ができるだけでなく、スポーツ万能だったり、ピアノもプロ級の腕前だったりと、うらやましいくらい、いろんな才能に恵まれていた。みな余裕しゃくしゃくで、涼しげな目をしていた。

「おれはほかのだれより勉強した」なんて言ったやつは、ひとりも知らない。

「アタシは小さいころからなんの習い事もしてないし、塾に通ったこともない。学校の部活に入ったことすらない」

「中学で部活に入らないって、そんなこと許されるのかい？」

「もちろんそんな生徒、学年でアタシひとりだけよ。でも、『何人《なんぴと》も、部活に属さなければならぬ』なんて法は、どこにもないでしょ？」

「まあ、そうだけど……」

「小学5年から高3までの8年間、家に帰るなり自分の部屋に直行して、それからベッドに入るまで、母の手伝い以外はずーっと机にへばりついていた。アタシほどのおたくは、ほかに知らないわね」

そう言って、瑞希は笑った。ちっともおたくっぽくない、さっぱりした笑顔だった。

ぼくが勉強に打ち込んだと言えるのは、高3と浪人の2年だけだ。その2年間ですら、勉強の質も量も、彼女にかなわないだろう。

ぼくみたいなハンパ者が、瑞希ほど努力した人に向かって、「とんでもなく優秀な頭脳」だの「生まれつき資質がちがう」だの、勝手に言う資格はないのだ。

「だけど、なんでそこまで努力できたんだい？」

ぼくは訊いた。

「さあ、生まれつきの性格じゃない？」

「ふつうの両親から、そんなとんでもない努力家が生まれるかな？」

「あんたも相当しつこいね、真吾」

「人間って、そこまでがむしゃらになれないと思うよ。何か特別な理由がなければ」

「理由ね……。ないこともないかな」

「どんな理由？」

「それはね……」

ワイングラスを手にしたまま、瑞希はしばらく考え込んでいた。何か遠くのほうを見やるような目つきだった。

「いつか気が向いたら、話すわ」

くいっとワインを飲み、瑞希は言った。

「さあ、もう帰りましょう。明日も早いんでしょう？　真吾」

「うん、新入院患者がふたりいる」

「アタシもよ」

自分の気持ちに整理をつけられないまま、ぼくは席を立った。

――あの人を見つめる瑞希の眼差《まなざ》しに、ぼくはなぜ、衝撃を受けたのだろう……

伝票に手を伸ばしながら、二つテーブルをはさんだ席を見やると、あの人はまだワイングラスを手にし、楽しそうに女性と会話していた。

ぼくと瑞希はあの人に向かって会釈し、店を出た。

あの人はにこりと笑い、小さく手を上げた。連れの女性が気づかないくらいの、さりげないしぐさだった。

もう一つの選択

ぼくと瑞希は仕事上のパートナーとして、日々いい関係を築いていった。

各々が受け持った患者の情報を交換し、診断や治療法について遠慮なく意見を交わしあった。内科にかぎらず幅広い医学的知識を総動員し、もっとも可能性の高い疾患名を導いていく瑞希の論理性には毎度、感心させられた。

いっぽうぼくは、いまだに医師になりきれないところがあった。ひょっとするとぼくは、医師としての適性に欠けるのかもしれないが、たぶんそれは、もともと持っている性格によるものじゃないかと思う。

すなわち、どんな集団にもすぐ溶けこみ、大勢のなかに埋もれるという自分の特徴が、この世界ではまったく逆に働いたのだ。

なぜならば、医療界はあまりに特殊で、専門家意識の強い人間たちの集まりであるからだ。この集団において「大勢のなかのひとり」になることは、世間一般の目から見れば、「フツーじゃない人」あるいは「世間知らず」になることにほかならない。

「自分たちは庶民とは一線を画する」という、鼻持ちならないエリート意識がはびこるこの世界に身をゆだね、どっぷりとつかるのは、はっきりいってとても居心地が悪かった。ほとんど無意識のうちに、ぼくはこの狭い業界内で確立された検査法や診断基準などを、「ほんとうだろうか？」と、疑ってしまうのだ。

――専門家としての見地より素人目《しろうとめ》の直感のほうが正しい場合だって、ときにはあるんじゃないか？　生身の人間をすべて、医学の理論やメソッドに当てはめることができるのか？

Nさんの一件を通し、ますますそんな思いが強くなっていった。

理論武装では所詮かなわないが、ぼくは瑞希と意見を戦わすことができる数少ないドクターのひとりだと自負している。

それは、ぼくが瑞希とはまったく異なる一面を持っているからだ。ぼくのいくぶん冷めぎみの、医者からすれば素人っぽい見方は、医学的理論を研《と》ぎすませてきた瑞希にとって、むしろ新鮮だったんじゃないかと思う。

少なくとも仕事に関しては、ふたりともなんの遠慮もなかった。ときには激しく論争することすらあった。

自分たちはそんなつもりは毛頭なかったが、看護師長から「アンタたちってホント、大人げないわねえー。ケンカばかりしてないで、もっと穏便に事をおさめなさい」と、しばしば注意された。

われながら不思議だった。事なかれ主義のぼくが瑞希と議論すると、なんでこんなに熱くなってしまうんだろう、と。

たしかに瑞希は、ぼくのなかにある何かを引き出す不思議な力を持っていた。

いや、正確にいえば、それは彼女ではなかった。

ぼくのなかに眠っていた何かは、あの人によって覚醒させられたのだ。

そしていったん目を覚ますと、そこに待ち構えていた瑞希からさらなる刺激を受けつづけ、眠るいとまを与えられないのだった。

さわやかな風が吹く5月のある日、肺がんを患った男性患者・Yさんが、5階総合内科病棟に入院した。主治医はぼくと、呼吸器の専門医である中田《なかた》医師だった。

中田医師は、肺や気管を患った患者が入院してくると、自動的に主治医のひとりとなる。すなわち、実際に病棟で患者を診療している研修医や若いドクターの指導医として、かならず名を連ねるのだ。

しかし、中田医師が病棟に現れるのは、呼吸器カンファレンスがある日（そこで研修医や若いドクターの報告を聞き、患者の治療法を決定していく）と、患者や家族に病気の現状や今後の治療方針を説明するときだけである。入院患者の診療は、後輩ドクターにまかせっぱなしで、ろくに回診もしなかった。

けれどもそれは、けっして珍しいことじゃない。大学病院で働くドクターは中堅ともなれば、自分のための研究や論文書き、製薬会社に頼まれた原稿の執筆、医学生への講義の準備等々、診療以外の仕事に追い回されるようになるからだ。

さて、入院後の全身検査の結果、Yさんの病状は想像以上に深刻なものだった。がんは両肺はおろか、リンパ節や肝臓にまで転移しており、完治は100パーセント望めない。通常ここまでがんが進行していれば、余命はせいぜい3か月といったところだろう。

しかし、不思議なことにYさんは、なんの症状も出現していなかった。血色もすこぶる良く、健常人となんら変わることなく、ぴんぴんしていた。たまたま市の健康診断を受けたら、肺の異常陰影を指摘されたのだそうだ。

この春に退職しストレスから解放され、さあ、これから好きなことをやろうと思った矢先、病におかされてしまったのだ。

そんなYさんに現状を説明せねばならぬと思うと、ぼくはとても気が重くなった。

面談の日、中田医師は学会発表のため、京都に出張中だった。病棟医長が中田医師の代理として指名したのは、あの人だった。つまり、あの人とぼくとのふたりで、Yさんに現状を説明することになったのだ。

あの人は、こんなときにも重宝されていた。なんの専門も持たず「窓際ドクター」と呼ばれるあの人が、正式な指導医としてぼくらの上に名を連ねることはない。しかし実際のところは、指導医とは名ばかりで病棟にほとんど姿を見せない先輩医師にかわり、あの人が研修医や若いドクターを指導しているケースのほうが、圧倒的に多いのだ。

「肺がんの患者は、これまでに何人持った？」

例によって病棟医長から中田医師のピンチヒッターを頼まれると、あの人はぼくに訊いた。

「Yさんで六人目です」

「じゃあ、ひとりで説明できるね」

「……はい」

じつはこの病院に赴任してから呼吸器疾患の患者に説明をするのは、はじめてのことだった。面談となると、いつも中田医師がひとりで取り仕切ってしまうからだ。

「ぼくも同席するけれど、基本的に藤山君がすべて説明してくれたまえ。必要があると思ったときだけ、ちょっと付け加えるかもしれない。それでいいだろう？」

「わかりました」

気が重いことに変わりはないが、あの人がいっしょだと思うと、なんとはなしに心強かった。

Yさんと奥さんへの説明は、ナースステーションのわきの小さな面談室で行われた。病院側からは、ぼくとあの人、そして岡崎ナースが出席した。

肺がんはすでに全身に転移し、完治は見込めないという事実を、ぼくはありのままに伝えた。あの人はぼくの右に、岡崎ナースは左に座り、黙って説明を聞いていた。

抗がん剤による治療を、その副作用も含め、ひと通り説明し終えると、しばしの沈黙の後、Yさんは口を開いた。思いのほか、さばさばした口調だった。

「わかりました。今後の治療法としては、抗がん剤しか選択肢がないということですね？」

「はい。ここまで進行してしまうと、手術も放射線治療もできません」

「抗がん剤を使ったとしても、がんが消えるわけじゃないんですね？」

「残念ながら根治は望めませんが、一時的に腫瘍《しゅよう》は縮小します」

「寿命は、どれくらい延びるんですか？」

「個人差があるのでなんとも言えませんが、平均的には3〜6か月、うまくいけば1年かもしれません」

「そのあいだ、ずっと入院しているのですか？」

「いいえ、副作用の程度を見極めなければなりませんので、最初は入院していただきますが、順調にいけば外来通院で治療を継続できます」

「副作用って、どれほど辛《つら》いものなんでしょう？」

ずっと黙って聞いていた奥さんが、ここではじめて質問した。

「そうですねえ。副作用の程度も人によってまちまちですので、とにかく治療をはじめてみないことには……」

「抗がん剤による治療以外に、もう一つ、選択肢があります」

だしぬけに、あの人が言った。

「なんですか？」

Yさんと奥さんが同時に言った。しかし次の瞬間、あの人を見つめるふたりの瞳から、つかの間の希望の光は消えていった。

「何も治療をしないで、自然にまかせるという選択です」

まさか！　とぼくは思った。

――いいのだろうか？　そんなことを言ってしまって……

岡崎ナースを見ると、少しも動じた様子はなく、ほとんど無表情のままだった。

あの人は、おだやかな口調で続けた。

「藤山ドクターが説明したように、抗がん剤による治療を受けなければ、寿命は半年ほど短くなるかもしれません。けれどもYさん、あなたはいま現在、健常人とまったく変わることなく元気です。この状態がひと月続くか、あるいは3か月なのか、われわれにはわからない。神のみぞ知るところです」

Yさんと奥さんは、じっとあの人の話に耳を傾けていた。

「治療をはじめれば、多かれ少なかれ副作用が出現します。当然、いまほど元気な状態は保てません。それならば、なんの症状もないいまのうちに身辺整理をし、やり残したことをやる、という選択肢もあるでしょう。好きなことをしていれば、病気の進行も多少は遅くなるかもしれません」

あの人の言うことはまったくそのとおりだと、ぼくだって思う。けれども、ここは大学病院だ。よほど末期の患者ならいざ知らず、何も治療しないまま患者を退院させてしまうなんて、聞いたことがない。

「このまま何も治療しないのですか？」

「もちろん今後、痛みなどの症状が出現すれば、そのつど対症療法を行いますが、基本的には自然にまかせるということです」

Yさんは一つ大きく息を吐いてから、言った。

「わかりました。ちょっと妻と相談します」

奥さんが、あの人に向かって言った。

「先生だったら、どちらを選ばれます？」

「それは、ご主人が決めることです。どうぞ、じっくり考えてお選びください」

あの人はきっぱりと、しかし、あいかわらずおだやかな口調で言った。

Yさんと奥さんは、互いに顔を見合わせた。

「藤山先生、ほかに何かお伝えすることは？」

あっけにとられているぼくを促すように、あの人が言った。

「あっ、はい。そうですね……治療に関して何かご質問があれば、いつでも遠慮なく訊いてください」

ぼくたちはYさんと奥さんに一礼し、面談室を出た。これだけシビアな話をしたというのに、不思議と重苦しい雰囲気ではなかった。

岡崎ナースは終始、無言だった。

ナースステーションにもどる際、あの人に向かって会釈する彼女の顔に一瞬、笑みが浮かんだように見えた。

職員食堂で遅めの昼食をとりながら、ぼくはずっと考えていた。

はじめはかなり驚いたが、冷静に考えてみればあの人は、当たり前のことをしただけなのかもしれない。

多くの医者は、「1パーセントでも可能性があるなら、最後まで全力で治療を施すべきだ」と言う。けれどもその結果、多大なる負担と苦痛を強《し》いられ、ぼろぼろに疲れきって、悲惨な最期《さいご》を遂げた患者を、ぼくは何人も見てきた。

ぼくらはいつでも「治療をする」という前提に立って話をしているが、そもそも患者は「治療をしない」という選択権も持っているはずだ。そしてケースによっては、治療をしない選択をしたほうが幸せなことだってあるにちがいない。

その日の夕方、Yさんは荷物をまとめ、自宅に帰っていった。


さて、翌日の呼吸器カンファレンス。

京都みやげの「おたべ」を小わきに抱え、上機嫌で会議室に入ってきた中田医師だが、Yさんに関するぼくの報告を聞くなり、みるみる顔が赤くなっていった。

「紺野先生、無責任にもほどがあります！」

中田医師は激高し、あの人に食ってかかった。

「何もしないで患者を帰してしまうなんて、信じられない」

涼しい顔で、あの人は答えた。

「私は家に帰るよう、Yさんにすすめたわけではありません。一つの選択肢をお伝えしたまでです」

「ここは大学病院です。患者さんは何のためにここまでやってきたのですか?」

「病状を正確に把握し、今後の方針を検討するためでしょう」

「とにかく治療をはじめてみなければ、今後の方針だって定まらないじゃないですか」

「患者さんにとっては、治療をしないのも一つの方針だと思いますが」

「紺野先生、あなたは何年医者をやっているんですか?」

「……17年ですよ。中途で医者になったので、年のわりにキャリアは浅いですけど」

「17年も医者をやっていれば、十分おわかりでしょう。全身に肺がんが転移し、なおかつ、あれほど元気でなんの症状も出ていないYさんのような患者は、非常に珍しい。めったにお目にかかれない症例ですよ」

「たしかに、あまり見たことがありませんね」

「そんな希有《けう》な患者に対して、抗がん剤がどのように反応するのか、いかほどの延命効果があるものか、それを見極めるのがわれわれの使命じゃないですか。この症例は藤山先生にとっても、たいへん勉強になったはずなのに……」

あの人はそれ以上反論しなかったが、さすがにその表情からいつものおだやかさは消え、苦々しい顔をしていた。

中田医師のぼやきを聞きながら、ぼくは思った。

――この人はどうして素直に「ぼくはYさんという患者にとても興味があったのに、なんで勝手に退院させたんだ」と言えないのだろう……。いや、この人が興味を持ったのは、Yさんではない。Yさんの身体にはびこった「がん」なのだ。

ぼくはふと、瑞希のほうを見た。

いつもはカンファレンスで積極的に意見する瑞希だが、きょうにかぎっては何も発言せず、うつむきかげんでふたりのやりとりを聞いていた。

「信じられない……。まったく信じられない」

カンファレンスが終わると、中田医師は患者の回診もせず（いつものことだが）、ぶつぶつ言いながらエレベーターに向かっていった。

「学会での症例報告が一つ減ってしまって、お気の毒さまでした」

ぼくは病棟を去っていく中田医師の背中に、小さく呼びかけた。

控え室にもどっても、瑞希はYさんの一件に関し、ノーコメントだった。ぼくもあえて、彼女に意見を訊かなかった。

あの夜以来、瑞希はあの人の話を二度としなかった。

ほかのドクターに言わせれば、「エリート街道を突っ走る若い女医の眼中に、窓際ドクターなんて入るわけないさ」ということになるだろう。

でも、ぼくにはわかる。

瑞希はつねにあの人を意識している、ということが。

言葉を交わさないのはあいかわらずだが、ナースステーションや会議室で同席するときも、かならずあの人とのあいだに一定の距離をとっているし、廊下であの人とすれちがうときも、目を合わせずに頭を下げるだけだ。

どう見たって、それは不自然な行為なのだ。

けれども、瑞希があの人をどのように意識しているのか。

——風変わりな医師としてなのか、あるいは人生の先輩としてなのか、それとも、ひとりの男としてなのか……。

それはずっと謎のままだった。

サタデーナイト

なんの治療も受けないまま退院するというYさんのケースに、ぼくは目からうろこが落ちる思いだったが、医局側は当然、この一件を快く思わなかった。

あの人のYさんに対する説明は、大学病院の意向と責務を無視したスタンドプレーということだろう。

医局とあの人は、ずっと前からある種の均衡を保ちつつ、暗黙の了解のもとにやってきた。医局に籍を置かないあの人は、大学病院の慣習に従おうとしない厄介者である。しかし、あの人は入院患者や家族からの評判も良いし、彼がいつも病棟にいるおかげで、ほかのドクターは自分の仕事に集中できた。

医局にとって、明らかに異質なものではあるが、かといって、害を及ぼすものでもない――いうなれば、彼らはあの人を益虫とみなしていたのだ。

しかし、この一件を通し、彼らの胸のうちに「たかが窓際ドクターに、大学病院のメンツをつぶされてたまるか」という思いが生じた。

医局とあの人のあいだに、微妙なすきま風が吹きはじめた。

ぼくが住むアパートは、大通りから一本入った、曲がりくねった坂道の途中に建っている。病院から歩いて7、8分、自転車なら3分かからない。

ベッドタウンとはいえ、病院自体が駅からかなり離れているため、ここは住宅街というよりのどかな田舎町といった風情《ふぜい》である。朝は小鳥たちのさえずりで目覚め、夜ともなればカエルの合唱が聞こえてくる。

この町に引っ越してから、何度か近所を散歩した。アパートからさらに坂を上っていくと、民家はだんだんまばらになり、道の両側にはサトイモ畑や空き地が広がっていく。

5分ほどで坂を上り詰めると、小高い丘の上にぽつん、と一軒家が建っていた。

それは、明らかにぼくが生まれる前、昭和の古き良き時代に建てられたであろう、木造の平屋だった。

庭の草は伸び放題で、いまは使われていないリヤカーが片すみに1台、置いてある。小さな門のわきには、牛乳びんのイラスト付きの木製ボックスまで残っていた（むかし牛乳は、毎朝、宅配されていたらしい）。

一見して、廃屋《はいおく》かと思ったくらいである。

もちろんこんな古い家に住んだことはないけれど、なぜかとてもなつかしい気分になり、家の前でぼんやり突っ立っていたら、新聞配達のバイクがやってきて、サビついた郵便受けに夕刊を押しこんでいった。

表札は出ていないが、よく見れば窓にカーテンが掛かっているし、縁側には鉢植えがいくつか置いてある。

――へえー、人が住んでいるんだ……。きっと老夫妻がひっそり暮らしているんだろうな、ぼくが生まれるずっと前から。

勝手にそんなことを想像し、ぼくはきびすを返した。

実際に、その家に住む人を目撃したのは、5月も終わりの土曜日のことだった。


その土曜日、午前中に診療をすませたぼくは午後から街にくり出し、夏物のシャツや日用品を買いこんだ。アパートに帰ってソファーに寝そべり、雑誌をぱらぱらめくっているうちに、うたた寝してしまった。

目が覚めると、夕方の5時前だった。

ぼけっとした頭で、さてこれから何をしようかと考えたが、とくに思いつくこともなかった。担当患者の容態は落ちついているから、病院から呼び出されることもないだろう。

ぼくは夕食前に散歩に出かけることにした。このごろは日が長くなったので、暗くなるまでたっぷり時間はある。

外は少し暑いくらいだったが、ときおり夕方の風が心地よく吹きつけてきた。

ぼくはゆっくり坂を上っていった。サトイモ畑を通り越し、坂のこう配がゆるやかになったところで、ふと耳に覚えのあるメロディーが流れてきた。

──なんだったっけ、この曲は……

耳を傾けて何小節か聴いたところで、長年にわたって埋もれていた記憶が突如、鮮明によみがえった。

それは映画『サタデー・ナイト・フィーバー』の挿入歌の一つ、“How Deep Is Your Love”だった。

ぼくがまだほんの小さな子どもだったころ、両親は『サタデー・ナイト・フィーバー』のサントラLP盤を、しょっちゅうレコードプレーヤーの上にのせていた。

父と母が学生時代に知りあい、はじめてのデートで観《み》にいった映画が『サタデー・ナイト・フィーバー』だったそうだ。

それは、母から直接聞いた話だったのか……いまとなっては定かでない。もしかしたらずっと後になって、自分の頭のなかで勝手につくり上げたストーリーかもしれない。なにしろぼくは、小学生にもなっていなかったのだから。

『サタデー・ナイト・フィーバー』という映画は、映画館でもDVDでも観たことはないし、小学校に上がる前のぼくに英語の歌詞が理解できるはずもない。

けれども、何度もくり返し聴かされたおかげで、あのLPジャケットはくっきり脳裏に焼きつき、メロディーラインとリズムはしっかり体内にすり込まれた。

ぼくが小学生になり、父が連夜の会食で家族と食卓を囲まなくなってからも、母はときどきレコードをひっぱり出し、ひとりで聴いていた。

あのころ母は、いったいどんな気持ちで“How Deep Is Your Love”を聴いていたのだろうか……。


ひさしぶりに若かりし両親を思い出し、感傷にひたっていたのは、つかの間だった。坂を上り詰め、次の曲“Night Fever”がはっきり耳に届いたその刹那《せつな》、信じられない光景がぼくの目にとび込んできたのだ。

――ふだんはまったく人影のない、丘の上のさびれた一軒家の庭に、人々が集い、楽しそうに歓談しているではないか！

一瞬、いつもとちがう道に迷いこんだかと思い、ぼくは目をしばたたいた――庭のすみにはサビついたリヤカーが置いてあるし、門のわきのレトロな牛乳ボックスも見えた。まちがいなく、あの家だ。

ぼくはしばらくのあいだ、ぽかんと突っ立っていたが、少し冷静になってくると、好奇心がむくむくと頭をもたげてきた。

——これはいったい、なんの集まりだ？

ぼくはゆっくり、丘の上の一軒家に近づいていった。もともと胸の高さまでしかない垣根はところどころ崩壊しており、庭は外からまる見えだ。

いつの間にかきれいに草が刈り取られた庭には、白いテーブルが二つ設置され、テーブルの上にはサンドイッチや、手作り風のつまみや焼き菓子が並んでいた。たぶん、参加者たちが持ち寄ったのだろう。ちょっとした野外パーティーである。

ある人は、缶ビールを片手に大声ではしゃぎ、ある人は、“Night Fever”の軽快なリズムにのって黙々とステップをふんでいる。陰になってはっきり見えないが、家の縁側に腰かけ話しこんでいる人もいる。

ざっと見渡したところ、パーティーに参加している十数名の男女はいずれもかなり年配で、ほとんど60歳を超えているように見えた。

——定年退職者の集まりかな？　5階総合内科病棟の入院患者がパーティーをやったら、こんな感じになるだろうな。

垣根沿いで、ちょっと風変わりな野外パーティーを観察しつつ、そんな不謹慎なことを考えていたら、ピザの宅配バイクが門の前で止まった。

参加者のなかから抜け出し、門までやってきた人物を見て、ぼくはびっくりした——ピザのボックス3個を受け取ったのは、なんと、Iさんだった。

Iさんは、ついこのあいだまで糖尿病とその合併症の腎不全で、5階総合内科病棟に入院していた患者である。カルテの病歴を見ると、7年前から入退院をくり返しており、常連といってもいい。ナースによれば、5階病棟の主《ぬし》なのだそうだ。

——大丈夫かよ、Iさん。そんなにピザを食べたら、今度こそ透析開始になっちゃうぞ。

かなり迷ったが、医師として見て見ぬフリはできない。ぼくは門に向かって歩きはじめた。

勘定を終えたIさんは、家のほうへ向きなおるや否や、大声で叫んだ。

「おーい、佑ちゃん！　ピザが来たよー」

縁側に腰かけていたひとりがすっと立ち上がり、こちらに近づいてきた。

——まさか……

その顔を認識したとき、ぼくは三たび、わが目を疑った。マジに夢をみているんじゃないかと思った。

「わかってるよ、佑ちゃん。おれはちょいと味見させてもらうだけで十分さ」

あの人に向かって、Iさんは言った。

——これはいったい、どういうことだ？

頭が混乱を極めるなか、ふたりは言葉を交わした。

「佑ちゃんには世話になりっぱなしだからな。きょうくらいごちそうさせてくれよ」

「ありがたくいただきましょう。だけど、ラージサイズのピザを3枚も食べたら、ぼくだって心筋梗塞になって救急車で運ばれちゃいますよ……」

そこであの人は、こちらに顔を向けた。

「やあ！」

驚いたふうもなく、あの人はぼくに向かって手を上げた。ぼくがさっきからここに突っ立っていたことに、気づいていたのかもしれない。

「ほらっ、ちょうど飢えた若者がやってきましたよ」

あの人にうながされ、Iさんがこちらをふり返った。

「これは、これは、若先生じゃないですか！　どうぞ、なかへお入りください……。どうぞったって、おれんちじゃないけどね」

Iさんは大げさにまくしたて、ぼくを門のなかへ招き入れた。

「ちょっと寄っていくかい？　騒々しいのが苦手じゃなかったら」

あの人が、ぼくの目の前に立っている。いつものように、おだやかな笑みを浮かべて。

「紺野先生、ここに住んでいるんですか？」

ぼくはあの人に訊いた。きっと、キツネにつままれたような顔をしていただろう。

「ああ、5年前から借りている。ちょっと古いけど、一軒家もなかなかいいもんだよ」

わけのわからないまま、ぼくはIさんにテーブルの中央までひっぱっていかれた。Iさんはこれまた大げさな口調で、参加者たちにぼくを紹介した。

「ちゅうもーく！　本日のスペシャルゲストを紹介します。この春から紺野先生といっしょに5階総合内科病棟で働いている、藤山真吾先生でーす」

「どうぞ、よろしくお願いします」

ぼくはぺこりと頭を下げた。

「若いけど、なかなか優秀な先生だよ。でも、優秀なだけじゃない。紺野先生の後継者だと、おれは見ているんだ」

期せずして拍手がわき上がった。ぼくは困惑しながらも、参加者にあいさつをして回った。さまざまな疑問がぐるぐると、頭のなかを回っていた。

――紺野先生の後継者って、どういうことだろう？　5階総合内科なんて内輪話をしたって、一般人には通じないと思うけど……。そもそもこの人たちはあの人と、どんなつながり

ひと通りあいさつが終わると、あの人はクーラーボックスから缶ビールを取り出し、ぼくに手渡した。Ｉさんはぼくのために手際よく、紙皿につまみを盛ってくれた。

ビールを飲んでようやくひと息つくと、Ｉさんがぼくに話しかけた。

「ここに来るのは、はじめてかい？」

「たまたま散歩していたら、音楽が聞こえてきたもんで」

「ちょっと騒々しかったかな？」

「坂の上に家があるのは知っていたんですけど、まさか、紺野先生が住んでいるとは……」

「知らなかったのかい？　あやしげな集団のなかから、いきなり紺野先生が現れたら、そりゃびっくりするよな。はは、こりゃ傑作だ、はっは……」

さも楽しそうにひとしきり笑うと、Ｉさんは言った。

「心配すんなって。ヘンな宗教団体じゃないから。ここにいるのはみんな、紺野先生の世話になった人たちなんだ」

「世話になったというと……」

ぼくはあらためて、ぐるりと参加者の顔を見渡した。自分が担当した患者はいなかったが、そういえば、病棟で見かけた顔が２、３あった（病院内と外とでは、同一人物でもずいぶんちがって見えるものだ)。

「まあ、あんたはまだあの病棟で1、2か月しか働いてないから、ほとんど知らん人だろうけど。だいたいみんな、5階総合内科に入院歴がある」

「患者さんだったんですか」

「でも、患者だけじゃない。たとえばいま、佑ちゃんと話している婦人」

「『佑ちゃん』って……」

「もちろん紺野先生のことだよ。病院の外では『先生』と呼ぶなって、あの人が言うからさ。はじめは『ホントにいいのかよ、佑ちゃんなんて呼んで』って思ったけど、もうすっかり慣れちまった」

はじめてあの人に会ったデイルームの情景が、脳裏によみがえった。そういえばあのときも、「自分は『先生』ではなく、紺野佑太だ」と、言っていたっけ……。

Iさんの視線の先を見やると、あの人は縁側で、参加者のなかでは比較的若いと思われる女性と話していた。というよりも、女性の話を聞いていた。

「彼女は、ひと月前に5階病棟で亡くなったMくんの奥さんだ。Mくんは、おれの出身高校の後輩でな、入院中はおれを頼っていろいろ相談しにきたもんだ」

Iさんは、目をうるませながら言った。

——そういえば……

ぼくは思い出した。毎夕、夫を看病しに病棟を訪れていた、ちょっと太めのあの女性だ。彼女はデイルームでも気さくに、あの人やほかの患者と言葉を交わしていた。そんなときの彼女は、いつも笑顔だった。

夫はもう助からないとわかっているはずなのに、どうしてそんなに明るく振る舞うことができるのだろうと、ぼくは少し不思議だった。

「とにかくみんな、あの病棟で佑ちゃんと知りあったのさ」

ぼくはIさんに質問した。

「みなさんは定期的に、ここでパーティーを開いているのですか？」

「パーティーねえ……」

Iさんは、ふふっと笑った。

「最初は、佑ちゃんを入れて三人だった。退院してブラブラしていたら、無性に佑ちゃんに会いたくなってな……。入院中に仲良くなった患者のひとりを誘って、この家を訪ねたってわけよ。やつももう、死んじまったけどな」

「そうだったんですか」

「で、それからだんだんメンバーが増えていったんだ。だれかが働きかけたわけじゃないのに、自然とね。つまり、おれ以外にもたくさん佑ちゃんのファンがいるってことよ」

やはりデイルームでのあの人の笑顔は、たんなる営業スマイルじゃないのだなと、あらためて実感した。

「佑ちゃんは自分からしゃべる人じゃないし、おれたちもここでは病気の相談なんかしない。月に一度、佑ちゃんの顔を見にきて、仲間といっしょにわいわいやる。ただそれだけで、すっごく安心すんのよ。たぶんみんな、同じだと思うな」

「月に一度なんですか？」

「そう、佑ちゃんに負担をかけちゃいけないから、月に一度だけ、第4土曜日の午後3時からって決めてんだ」

庭に設置された3台のソーラーライトに灯《あか》りがともり、ときおり吹きつける風が、肌にひんやり感じられはじめた。

何人かは、なごり惜しそうにあの人に別れを告げて家路につき、何人かは、家のなかに入って話しつづけた。

「一つだけ、あんたにお願いがある」

突然まじめ顔になって、Iさんが言った。

「なんでしょう？」

「あんたの同僚や上司らに、この集まりのことを話さないでくれ」

「……わかりました」

ぼくはうなずいた。もちろん話すつもりなどなかったし、Iさんがあの人を気づかっていることもよくわかった。

「患者や元患者を自宅に呼んで、定期的にパーティーをしている」なんていううわさが院内に広まったら、あの人はますますほかのドクターから誤解を受け、病院での立場が危うくなってしまうだろう。

「絶対だよ」

「心配ないさ！」

いつの間にかあの人が、ぼくらの横に立っていた。

「藤山先生は、話したりしないよ」

「佑ちゃんのお墨付きなら、心配するにおよばないな……。おお、なんだか肌寒くなってきた。ちょいと体を動かすか、ミュージック、ミュージック」

そう言ってIさんは、ぼくとあの人から離れていった。

あの人はぼくのとなりに腰かけると、もう1缶、ぼくにビールをさし出し、自分も缶ビールのリングをプシュッと開けた。

「しっかり栄養補給したかい？　みんな、いろんな食べ物を持ち寄ってくれるんだ。ほんとうにありがたいよ。ピザもいいけど、手作りの料理も捨てたもんじゃないだろう？」

「はい、とてもうまいです」

あの人は満足そうにビールをひと口飲むと、ぼくに訊いた。

「だいたいの話は、聞いた？」

「はい、Ｉさんが詳しく説明してくれました」

「いきなりで驚いたろうね、さっきは」

「紺野先生が登場したときはほんとうにびっくりしましたけど、Ｉさんの話を聞いているうちに、だんだん状況がわかってきました」

「はじめはちょっとしたお茶会だったのに、いつの間にかこんなに人が集まってくるようになってね……」

「すごいことだと思います」

「ぼくも驚いているんだよ、いまだに」

「デイルームの延長戦ってわけですね」

「まあ、そんな感じなのかな」

あの人は、肩をすくめた。

しばし途切れていた音楽が再開し、“Stayin'Alive”のギターイントロが流れだした。

「この曲、知ってるかい？」

ご機嫌に踊りはじめたIさんを眺めながら、あの人はぼくに訊いた。

「ええ、よく知っています。両親がこの曲を好きだったので」

「たぶん同じ世代だろうな、君の両親とぼくは」

「はい。もし父が生きていたら、今年で54歳になりますから」

あの人が、ぼくのほうに顔を向けた。

「8年前に亡くなったんです。心筋梗塞で」

あの人と目を合わせぬまま、ぼくは答えた。

「……悪かったね、思い出させてしまって」

「いいえ、ぜんぜん。はっきりいって、たいした思い出もないんです。いつも家にいない人でしたから、父は」

「そうか……」

あの人は、おもむろに缶ビールを口に運んだ。

「損な役回りだよな、オヤジっていうのは」

ふっと息をつくと、あの人はつぶやくように言った。

「ぼくのオヤジも仕事一筋だったから、家族で遊びに出かけたり、さしで話したりした記憶はほとんどない」

ぼくは黙ってうなずいた。

「まったくね……。母と子の絆《きずな》に比べたら、ゆるゆるで、いいかげんなもんさ、父と子の絆ってのは」

「父との絆なんて、感じたことないですよ」

「でも、いつかかならず、実感するときが来る」

「何を、ですか？」

「どんなにゆるい絆でも、けっしてほどけることはない」

淡々とした口調で、あの人は言った。

“Stayin'Alive”がリピートでかかり、Iさんは黙々とステップをふみ続けた。

なんとなく気まずかったので、ぼくは話をもどした。

「それにしても、やっぱり意外でした。紺野先生が土曜の夕方に、患者さんたちと会っていたなんて」

「そうかい？」

「だって紺野先生は、仕事とプライベートを分けている人だ、と思っていたので」

するとあの人は、けげんな顔をした。

「そんなことを言った覚えはないが……」

よけいなことを言ってしまったと、ぼくは後悔した。

あの人が仕事とプライベートを完璧に分けているなんて、ぼくが頭のなかで勝手に決めつけただけのことなのだ。

「たしかにぼくは、6時きっかりに病院を出る。だけど、仕事とプライベートはそうかんたんに分けられるもんじゃない。とくに、ぼくらのように病院で働く者はね」

「………」

「家に帰っても、患者さんの容態が頭から離れないこともあるし、逆に病院にいても、昨夜《ゆうべ》のデートを思い出して、にやりとしてしまうことだってあるさ」

そう言って、あの人は軽くウィンクした。

「ぼくが6時きっかりに病院を出るのは、自分の体を守るためだ。この年になると無理はきかないからね。患者さんだって、50を超えてよれよれに疲れきった医者なんかに、診てもらいたくないだろう？」

「たしかに、そうですね」

「なにはさておき、自分が元気でいなくちゃ」

あの人は目をつぶり、“Stayin'Alive”のコーラスに耳を傾けた。

「いつ聴いてもいいね、この曲は」


Ah, ha, ha, ha, Stayin'Alive, Stayin'Alive……

夕やみせまるなか、子どものころ何度聴いたか知れないコーラスリフレインに耳を傾けながら、ぼくははじめて気がついた。

Iさんならずとも思わず踊りだしたくなる“Stayin'Alive”の心地よいリズムとメロディーのすき間に、なんとも言いようのない哀愁が漂っていることに。

そして同時に、人生における何かとても本質的なもの、生きていくための根源的なエネルギーといったものが、ベースに脈々と流れていることに。

目を開けると、あの人は遠くを見やりながら、おだやかに、けれども力強く言った。

「そう、Stayin'Alive だよ」

不審な行動

土曜の夕べの出来事は、ときがたつにつれ、ぼくのなかにじんわりと浸透していった。あの人の家の中庭に集い、なごやかに語りあう人々の楽しそうな顔。ときにひょうきんに、ときにしみじみと真相を語ってくれたIさん。そして“Stayin' Alive”を聴きながら、あの人がおだやかに、けれども力強く語った言葉……。

それらのことを毎日のように、ぼくは心のなかで反芻《はんすう》した。ほんとうに、自分ひとりの胸のうちにとどめておくのは、もったいない話だった。

だから、ぼくはずっと迷っていた。瑞希に話すべきかどうか……。

どのような気持ちであれ、瑞希はあの人のことを意識している。彼女に何も話さないのは、なんだか隠しだてをしているみたいでフェアじゃない気がした。自分がとても意地悪な人間にさえ思えた。

いっぽう、ぼくはIさんと約束をした。土曜の午後に、あの人の家で定期的にパーティーが開かれていることを、同僚や先輩のドクターにけっして話さないと。

約束は約束だ。瑞希とて、例外ではない。

迷いに迷った末、ぼくはあの人に直接、訊いてみようと決心した。次回のパーティーに、瑞希を誘って参加してもいいだろうか、と。

そんなことをしたらIさんとの約束を破ることになるし、ひょっとしたら病院中に事実が知れ渡り、収拾がつかなくなるかもしれない。

けれども、ぼくは確信していた。ぼくがそうであるように、瑞希もけっして、あの人のことを口外したりしないと。

なぜならば、院内のほかのドクターにとって、あの人は「窓際ドクター」でしかなかったが、ぼくと瑞希だけは、ドクターとしてではなく、ひとりの人間としてあの人に興味を抱いているからだ。

しかし、あの人にうかがいを立てる前に、事態は新たな展開を見せた。

6月に入ってずっとあわただしい日が続いていたが、その火曜日は、担当患者の容態も落ちついていた。

教授回診も終わったことだし、きょうくらい早めに退散しようとぼくは思った。いくら若いとはいえ、休めるときに休んでおかないと、患者に元気な姿を見せられない。

あの人の言うとおり、なにはさておき“Stayin' Alive”だ。

6時過ぎに病院を出るなんて、ほぼひと月ぶり……イタリア料理店で瑞希とふたり、あの人にばったり出くわした日以来じゃないか。

あれから瑞希もぼくも、なんやかやと忙しく、ふたりで飲みにいく機会はとんとなかった。ひさしぶりに誘ってみようと思い、医師控え室にもどってみると、彼女の姿はなかった。机の上もすっかり片づいている。

残念ながら瑞希は、ひと足先に退散したようだ。


梅雨の晴れ間の、気持ちよい夕方だった。雨さえ降っていなければ、いまは一年中でもっとも日の入りが遅い時期だろう。

ぼくは病院を出ると、アパートとは反対の方向へ歩きはじめた。ちょっとスーパーに寄って、ビールのつまみでも買っていこうと思ったのだ。

日のあるうちに家路につけるというのは、じつにうれしいものだ。これこそ人間本来の働き方であり、まっとうな生活リズムだと思う。残業しすぎると「ああ、きょうもよく働いた！」という充足感が、かえって損なわれてしまう。

ふと、毎日きっかり6時に病院を出るあの人が、うらやましくなった。でも、きっとあの人だって若いころは、夜中まで病棟にとどまって患者を診ていたにちがいない。週に一度の当直もこなしていただろう。

ぼくは足どりも軽く、夕暮れの通りを歩いていった。

ふだん病院でしか人と接していないので、ありふれた町の風景や人々の営みが、とても新鮮に感じられる。

犬を散歩させる老人の姿がそこここにあり、買い物袋を手にさげた主婦たちはすれちがいざま、互いにあいさつを交わしあい、保育園の前には、子どもたちのお迎えの車や自転車が停車していた。

保育園を通りすぎたところで、ぼくは「あれっ?」と思い、立ち止まった。

——あのうしろ姿は……

一瞬、どうしようかと迷ったが、次の瞬間、ぼくは走りだした。あの人と思われる人物のあとを追って。

病院内ではなかなか話を切りだせなかったので、第4土曜日のパーティーに瑞希とふたりで出席してもいいか、このチャンスに訊いてみようと思ったのだ。

あの人との距離が10メートルほどに詰まったところで、ぼくは急ブレーキをかけ、ふたたび立ち止まった。

よく見ると、あの人はひとりではなかった。かたわらに、小さな女の子が歩いている。

ふとある光景が、脳裏によみがえった。

――やっぱり、あのとき見たのは……

この町にやってきて間もないころ、ぼくはあの人とよく似た人を見かけた。その人はやはり、保育園があるこの通りを、小さな女の子とふたりで歩いていた。

けれどもその後すぐに、あの人が独り者であることを、ぼくは知った。子どもや孫がいるという話も、聞いたことがない。

「きっと他人のそら似だったのだ」という結論に達し、その日のことは、きょうまですっかり忘れていた。

あのとき見たのと同じ子かどうか判然としないが、うしろ姿を見るかぎり、女の子は3、4歳で、ぴょんぴょんと跳ねるように歩いていた。

あの人はときどき女の子を見やり、何か話しかけながら、ゆっくり歩いていた。手をつなぐでもなく、微妙な距離だ。

――たぶん、自分の娘じゃないだろう。でも親子じゃないとすると、いったいどんな関係なんだ？

あの人と女の子は、スーパーを通りすぎ、住宅街へ入っていった。

夕飯のしたくをしている家々から、ときおりいいにおいが漂ってくるなか、ぼくは一定の距離を保ち、ふたりのあとをこっそりつけていった。

――いったい何をしているんだ？　おれは……

自分が調査会社の人間のように思えてきた。だけど、そうしないわけにはいかなかった。

小さな郵便局を通りすぎ、コンビニを通りすぎ、あの人は、住宅街の一角にある2階建ての家の前で立ち止まった。

ぼくはあわてて回れ右をして、来た道をいったん引き返した。
5、6歩、ゆっくりもどってからふり返ると、あの人と女の子は、家の門をくぐり抜けるところだった。
ふたりが屋内に入るのを見とどけると、ぼくは慎重に、その家に近づいていった。

建て売りではないが、これといって特徴のない、こざっぱりした家だった。築5、6年といったところか。駐車場に車は停車しておらず、すみっこに三輪車と補助輪付きの自転車が1台ずつ置いてある。

念のため表札を確認したが、もちろんあの人の名字ではない。

ぼくは家の前でたたずみ、さて、これからどうしようと考えた。

ここにいても家のなかの様子はわからないし、いつまでもボケッと突っ立っていたら警察に通報されるのが落ちだろう。

とにかく前に歩きはじめると、幸い次の角まで行かないうちに、小さな公園があった。

日の光はまだたっぷり残っていたが、6時半の公園に、子どもたちの姿はなかった。

ジャングルジムのてっぺんに登れば、あの家を監視できないこともなかったが、公園前の通りを行き交う人々の手前、さすがにやめておいた。

とりあえずブランコに腰かけて、少し頭を整理しようと思った。ブランコに乗るのなんて、小学生のとき以来だ。

あの人と女の子は、いったいどういう関係にあるのだろう？　微妙な距離感があるとしても、ふたりが以前から顔見知りであることはたしかだ。

——あの人はたしか、この県の出身ではなかったはず。ここらへんに親戚もいないだろう。だとすると……

あの家に通っていると考えるのが、もっとも妥当な線だろう。あの人は7年前からこの地に住んでいるのだから、そんなことがあってもおかしくはない。

——ふつうの親子に見えないとしても、やはりあの女の子は……。それともあの人は、子どものいる女性と……

「ヤッホー！」

いきなり背後から大声をかけられ、ぼくはあやうくブランコから落ちるところだった。このキンキン声の主は……。

「なにしてんの？　真吾」

「瑞希、どうしてここに？」

「いちゃ悪いっていうの？　この町内に住んでるんだけど、アタシ」

となりのブランコに乗り、瑞希は言った。

「そうか」

「ひさしぶりに早い時間に帰れたから、スーパーで買い物でもしようかと思って。それより真吾、あんたこそ、なんでここに？」

「いや、べつに……」

「なんか、あやしい」

瑞希の言うとおりだった。

こんな時間に、いい年をした男がひとりでブランコに乗っていたら、ストーカーか変質者にまちがわれてもしかたあるまい。

——ヘタに取りつくろうと、かえって誤解をまねきそうだ。いっそのこと、洗いざらい話してしまおう。

「瑞希はこのあたりで紺野先生に会ったこと、ある？」

ぼくは話を切りだした。

「紺野先生？　近所で会ったことはないけど……」

瑞希はけげんな顔をし、そして予想どおり訊き返してきた。

「なんでそんなこと訊くのよ？」

「じつはさ、ついさっき、この通りで見かけたんだ」

「先生も買い物に来たんじゃない？　このへんじゃいちばん大きいからね、あのスーパーは」

「それがね、あの人は、小さな女の子とふたりで歩いていたんだ」

「紺野先生が？　たしか『あの人は独り者だ』って、真吾は言ってたわよね」

「そうなんだよ。おかしいと思わない？」

「人ちがいじゃないの？」

「いや、まちがいない。前にも一度、見かけたことがあるんだ。紺野先生が女の子といっしょに歩いているところを」

「ふーん、そうなの……それで？」

眉間《みけん》にかすかにしわを寄せ、瑞希は言った。

「それでって、瑞希はヘンだと思わないのかい？」

「それであんた、ここで何をしてるのよ」

いつになくキツい口調で、瑞希がせまってきた。

「何って、べつに……」

瑞希の迫力に気《け》おされ、ぼくは口ごもった。

「真吾、あんたいつから私立探偵になったの。恥ずかしくないの？　こんなところで紺野先生を見張って」

「見張ってるわけじゃないけど……」

「オフの時間に何をしようが、先生の勝手じゃない。あんたに紺野先生の素行《そこう》を調査する権利なんてないわ」

吐きすてるように言うと、瑞希は地面をけとばし、ぼくの視界から消えた。

ぼくはふっ、とため息をついた――いつもどおり、彼女の言っていることは正しい。反論の余地はない。

でもやっぱり、ぼくにはわかる。あの人の話になると決まって、彼女はいつもの瑞希じゃなくなってしまうんだ。

――いったいあの人の何が、彼女から冷静さを奪ってしまうのだろう？

ひとしきりブランコをこぐと、瑞希はぼくに訊いた。

「晩ごはん、もう食べた？」

「まだだよ」

「スーパーで買い物するの、面倒くさくなっちゃった。なんか食べていかない？」

瑞希はすっかり、いつもの口調にもどっていた。

「そうだな、ここにいたってしょうがないもんな」

「なに食べる？」

「とりあえず、ビールを飲みにいこうか」

「賛成！」

瑞希とぼくはブランコを降り、公園の出口へ向かおうとした。

が、通りへ向けて一歩ふみ出したとたん、ふたりの足はピタリと止まった。

——いつの間にか公園の出口には、あの人が立っていた。

あの人は、にやりと笑って言った。

「何をしているんだい、君たち？　こんなところで」

瑞希の告白

「何をしているんだい、君たち？　こんなところで」

　突然のあの人の登場に、ぼくと瑞希は言葉を失った。

「中学生でもあるまいし、公園でデートかい？」

　そう言って、あの人は笑った。

「いや、あの……」

　ぼくの言いわけを制し、あの人は言った。

「よかったら、手伝ってくれないか？　猫の手も借りたいと思っていたところだ」

「手伝うって、何をですか？」

「来ればわかる」

　と言うなり、あの人は公園から出て、大股で通りを歩きはじめた。

　ぼくと瑞希は無言のまま顔を見合わせた。そのあいだにもあの人は、さっきの家に向かってずんずん歩いていく。

　ぼくはあわててかけ出した。瑞希は黙って、あとからついてきた。

家の玄関まで来て、ようやくあの人はふり返った。

「助《すけ》っ人《と》がふたりも現れるとは、きょうはラッキーだな」

玄関のドアに手をかけたまま、あの人は言った。

「あの……ここは……紺野先生の家じゃ、ないですよね？」

息をはずませ、ぼくは訊いた。

「もちろん、ちがうよ」

「いいんですか？ 人の家に……勝手に上がって」

「ぼくが、こそ泥に見えるかい？」

「いえ、まさか」

「とにかく上がって。事情はあとで説明する」

リビングルームの床一面に、ままごとセットやレゴやミニカーが散乱しており、部屋には、さっき見かけた3、4歳の女の子と、もうひとり、小学校に上がったか上がらないかくらいの男の子がいた。

たぶん、きょうだいだろう。ふたりはテレビのリモコンを取りあっていた。

あの人はリビングを通り越し、奥のキッチンへ向かっていった。

「沢野君、ふだん自炊はしている？」

「いいえ……まったく」

「じゃあ、ぼくが晩ごはんのしたくをするから、藤山君と沢野君は、この子たちといっしょに遊んでくれたまえ」

あの人はエプロンのひもを背中で結ぶと、冷蔵庫の前面に磁石ではってあるメモ用紙に目をやった。

「なになに……。まずはコーンスープとカレーの鍋を火にかけて、それからツナサラダをつくってと……」

冷蔵庫を開け、食材をチェックしながら、あの人は瑞希とぼくに声をかけた。

「テレビはなるべく見せないように。じゃあ、よろしく頼むよ」

ぼくは男の子の相手をして、レゴで自動車や怪獣を組み立て、瑞希は女の子と、お絵かきや人形の着せ替えごっこをした。

ぼくはひとりっ子だし、子どもの面倒なんかみたことがない。

はじめはかなり戸惑ったが、男の子はレゴで新種の怪獣をつくっては、ぼくに見せてくれた。なんだか、こっちが遊んでもらっているみたいだった。

女の子はすっかり瑞希になつき、瑞希も笑顔で楽しんでいるようだった。彼女のキンキン声はアニメの声優みたいで、子どもたちには受けるかも、とぼくは思った。

この場の状況は、あの人に訊くまでもなく、子どもたちが教えてくれた。

女の子が、瑞希に言った。

「おじちゃんはね、しゅうにいっぺん、おうちにきてくれるの」

すかさず男の子が、付け加えた。

「そう、ベビーシッターっていうんだよね」

「ベビーシッター？」

思わず、ぼくは声をあげた。

「おにいちゃん、ベビーシッターしらないの？」

「いや、知ってるけど……」

あの人はキッチンからこちらをふり返り、にやっと笑った。

──疑いは晴れた。これ以上、何を詮索するというのだろう。

子どもは大人みたいに隠しだてをしたり、遠回しな言い方をしたり、取りつくろったりすることはない。ただ自分が見たこと、聞いたことをありのまま、伝えようとするだけだ。

あれやこれや、あらぬことを妄想《もうそう》した自分が恥ずかしくなった。

それにしても……。

――ベビーシッターを頼んでいる医者夫婦の話はよく聞くが、まさか、自らベビーシッターをしている医者がいるとは!

あの人は、ちっちゃな皿に盛ったコーンスープとカレーとツナサラダをダイニングテーブルにセットすると、子どもたちに声をかけた。

「はい、できましたよ。ちゃんと食べたら、メロンのデザートもあるからね」

瑞希は女の子のとなりに座って、食事の面倒をみてあげた。

あの人はいったんキッチンにもどると、コーヒーメーカーをセットした。

「事情はわかったかい?」

瑞希とぼくにコーヒーをすすめ、あの人は言った。

「紺野先生は、ほんとうにベビーシッターをしているんですか?」

ぼくはあの人に確認した。

「百聞は一見にしかず、だろう」

「いったいどうして、ベビーシッターをすることに?」

「きっかけは、例のパーティーさ」

「土曜の夕方の?」

「そう。参加者のひとりが、孫のベビーシッターが見つからなくて困っていると、ぼくに相談してきたんだ。ほんとうは自分が面倒をみたいけど、病気を抱えているし、体力的にもきついからって」

「はあ……」

「それならば、『いっそぼくが』と立候補したんだよ。顔見知りのほうが、何かと安心だろうからね」

「まあ、そうですよね」

「そうしたら、『安心なベビーシッターがいる』と評判になっちゃってね。いまじゃこの家のほかにも2軒、週に計3回、やっている」

「週に3回も？」

「毎晩デートってわけにもいかないし、家に帰ってもひとりで時間を持てあますだけだ。それなら、人のためになることでもしようかと思ってね」

「紺野先生は病院で十分、人助けをしていると思いますけど」

珍しく瑞希が、あの人に向かって発言した。

「まあ、ちょっとはね。でもこの年になると、ずーっと病院で働いているのはしんどいもんだ。ときどき気がめいってくる」

「紺野先生でも、気がめいることがあるんですか？」

「もちろんさ。だけど、子どもたちと遊んでいると、すごくいい気分転換になるんだ。君たちだっていま、そう思っているんじゃないか？」

「たしかに、そうですね」

「ええ、きょうはとても楽しかった」

「子どもたちに教えてもらうことだって、たくさんあるんだよ。ぼくみたいに家庭や子どもを持たない男には、こういった体験も必要ってことだろう」

あの人の言葉を聞きながら、ふとぼくは思った。どうしてこの人は、家庭を持たなかったのだろう、と。

――この人ならば、そんじょそこらの男たちより、よほどいいお父さんになれただろうに。仕事、仕事で家庭をかえりみようとしない先輩ドクターたちや、ぼくの父親なんかよりも、ずっと……

瑞希はじっと、あの人の言葉に耳を傾けていた。

会話をしないのはあいかわらずだが、瑞希のあの人に対する態度がいままでとちがうことに、ぼくは気づいた。ぎくしゃくした空気や挑戦的な目つきは影をひそめ、彼女はおだやかな表情をしていた。

「小遣いをいただきながら、体験学習させてもらっている感じだよ。けっこうお得だろう？

ハハ……」

ぼくたちが何も言わずに黙っているので、あの人はちょっと困ったような、照れくさそうな笑顔を見せた。

ぼくも、そしてたぶん瑞希も、言いたいことはたくさんあるのだけれど、うまく言葉が見つからない――そんな感じだった。

子どもたちがカレーとツナサラダをおおかた食べ終えると、あの人はキッチンからデザートのメロンを持ってきた。

「さて、君たちはどうする？　ぼくはこの子たちのお母さんが帰ってくる9時までは、ここで勤務だが」

瑞希とぼくのカップにコーヒーのおかわりを注ぎながら、あの人は言った。

「コーヒーをいただいたら、私たちはおいとまします」

瑞希が答え、ぼくもうなずいた。

「その前に、一つ質問してもいいですか？」

「どうぞ」

瑞希がはじめてあの人に質問した。

いったい何を訊くのだろうと、ぼくは興味津々だった。

「さっきおっしゃっていたパーティーって、なんのことですか？」

「ああ、ごめん。沢野君は知らなかったんだよね」

あの人は、土曜の夕方のパーティーの話を隠しだてすることなく、ありのままに話した。

たぶん瑞希のことを信頼しているのだろう、とぼくは感じた。

「ご迷惑でなかったら……」

話を聞き終えると、瑞希は言った。

「私もそのパーティーに参加してもいいですか？」

「もちろん、いいとも」

躊躇することなく、あの人は答えた。そして、ちょっと間を置き、ぼくに向かって言った。

「Iさんには、ぼくから話しておこう」

あの人は小さくウィンクした。

「大丈夫、Iさんはわかってくれるよ」

ぼくはなんだかうれしくなった。胸のつかえがおりたみたいに、すっきりした気分だった。

けっきょく9時まで、ぼくと瑞希は、あの人と子どもたちといっしょに過ごした。そろそろおいとましようと立ち上がると、女の子が瑞希に「かえっちゃダメ」と、まとわりついてきたからだ。

「きょうはありがとう。助かったよ」

家を出ると、あの人は瑞希とぼくに頭を下げた。

「ぼくは毎晩10時にベッドに入るから、きょうはもう帰るけど、今度、お礼にごちそうさせてもらおう」

「いいですよ。私たちも十分、楽しかったですから」

「ほんとうにいい経験をさせてもらいました」

ぼくらに気をつかってそう言ったのか、ほんとうに毎晩10時に寝ているのかわからないが、あの人はスーパーの角でぼくたちと別れた。

「じゃあ、ここで」

あの人は大股でずんずん歩いていき、あっという間に見えなくなった。

居酒屋に入ると、ぼくと瑞希はさっそく生ビールの大ジョッキを注文した。

何かおめでたいことがあったわけじゃない。だけど、ぼくはいつになく大きな声で「乾杯！」と叫んでいた。瑞希のキンキンした「カンパイ！」も、店内に響きわたった。

よく冷えたビールがのどもとを通りすぎ、胃袋にしみわたっていった。

ふうーっとひと息つくと、ぼくは「さて、何から話そうか」と考えた。

不思議なくらい偶然に偶然が重なった夕方だった。とりあえずきょう起きた出来事を、順を追って話してみよう。

「いやー、それにしても奇遇だったね。あんな小さな公園で、瑞希に出くわすとは」

「奇遇じゃないわ」

「えっ？」

いきなり話の腰を折られ、ぼくはきょとんとした。

瑞希の口もとには、妙に冷静な笑みが浮かんでいた。興奮気味のぼくとは、明らかに温度差がある。

「ぼくたちがあそこで出会ったのは、偶然じゃないって言うのかい？」

いつになく低いトーンで、瑞希は話しはじめた。

「ホントはね、私も紺野先生のあとをつけていたの」

「はっ？」

一瞬、瑞希が何を言っているのか、さっぱりわからなかった。

「つけていた……紺野先生を？」

「そうよ」

瑞希は一気にビールを飲み干し、ちょうど通りかかった店員に2杯目の大ジョッキを注文した。

「真吾、前から気づいていたでしょ？」

「何に？」

ぼくをまっすぐ見すえ、瑞希は言った。

「アタシが紺野先生を意識していること」

——瑞希のほうから核心に触れてくるとは……

意表をつかれ、ぼくは返答に窮した。

「ちょうど1週間前の火曜日だった……」

瑞希は、せきを切ったようにしゃべりはじめた。

「アタシはきょうと同じように、早めに病院を出た。どうしても片づけなきゃならない用事があったんだ。覚えてる？　あの日はザーザー降りだった。『なんで、きょうにかぎって』って、ぶつぶつ言いながら歩いていたら、アタシの目の前に突然、紺野先生が現れたのよ。ちょうど保育園から出てきたところだったのね」

「で……紺野先生は、女の子といっしょだったの？」

「うん、黄色いカッパをすっぽりかぶった小さな女の子とふたりで、すぐ目の前を歩きはじめたの。先生はアタシに気がつかなかった。とにかくひどい降りだったから、うしろをふり返る余裕なんてないわよね」

ビールを飲むのも忘れ、ぼくは瑞希の話を聞いた。

「どしゃ降りのなか、アタシはふたりのあとをつけていった。で、先生が通っている家を突きとめたってわけ。きょうの真吾と同じようにね。あの日はすぐに行かなきゃならない所があったから、そのまま帰ったわ。だけど、どうしても気になって……。それで、1週間後の同じ時間に、もう一度ここに来てみようと思った。火曜日だったら、早めに病院を出られるから」

「それで、きょうも……」

「あの家の手前に、小さなコンビニがあったの、覚えてる？」

「ああ、そういえば通りすぎた気がする」

「アタシはあそこで雑誌を読むフリをして、紺野先生と女の子を待ち伏せしていたの。先週とまったく同じ時間に、ふたりは通りを歩いていったわ」

「じゃあ、ぼくのことも？」

瑞希はうなずいた。

「いざ、コンビニを出ようとしたら、すぐ鼻の先を真吾が通りすぎていくじゃない。驚いたのなんのって」

「そりゃ、びっくりだよな」

「おかげで紺野先生と女の子プラス、真吾のあとまでつけるハメになったわよ。ふたりが家に到着したと思ったら、真吾がいきなりくるっと回って、こっちに向かってくるじゃない。アタシも思わず回れ右をしたけど……。気がつかなかった？　あのとき」

「ぜんぜん。ぼくも見つかりやしないかと、ヒヤヒヤしていたから」

「真吾が公園に入っていったあと、ずいぶん迷ったけど、思い切って声をかけてみた。このまま知らんぷりして帰るのは、なんか卑怯《ひきょう》な気がしてね……。でもやっぱり、言えなかった。アタシも紺野先生のあとをつけてたこと」

「…………」

「ほんとうにごめんなさい。『恥ずかしくないの？』なんて、エラソーに言っちゃって……。あれは、アタシ自身に言っていたのよ。紺野先生のことをつけ回している自分が、心底情けなくなって」

「あやまることなんかないさ。ぼくだってそう思う」

「ふたりとも同罪よね」

「でも、どうして……」

そこで言葉に詰まってしまい、ぼくはジョッキに残っていたビールを飲んだ。

「ビールでいい？」

いつの間にか、瑞希の2杯目のジョッキは空になっていた。

大ジョッキを2杯、追加で注文すると、瑞希はふっと小さく息をつき、語りはじめた。

「そう、アタシはずっと、紺野先生のことが気になっていた……。先輩やナースには気づかれない自信があったけど、真吾にだけは見抜かれていたようね」

「うん、気づいていた」

「デイルームではじめて見かけた瞬間から、気になってしかたがなかったの。気楽に紺野先生に話しかけられる真吾がうらやましかったけど、先生の前に出ると意識しちゃって、言葉も出てこないし、自然に振る舞えなかった」

「先輩たちは『窓際ドクター』なんて言ってるけど、ぼくにとっても紺野先生は、とても気になる存在さ。いまの病棟で働きはじめてから、いろんな意味で、あの人から影響を受けている気がする」

「そんなこと言うの、きっと真吾だけよね」

瑞希はうなずいた。

「それに、よく見るとけっこう渋くてカッコいいし、あんな大人になってみたいと、ちょっと憧れもする。だけど……」

「だけど？」

「あの人は、ぼくらの父親と同じ世代の人だよ」

「ホントよね」

ぼくは思い切って訊いた。

「だからさ、ぼくはずっと疑問に思っていたんだ。瑞希があの人を、どんなふうに意識しているんだろうって。ドクターとしてなのか、人生の先輩としてなのか、それとも……ひとりの男としてなのか」

「うーん、どれもちがう気がする」

「そう……。いいよ、無理に話さなくても」

ぼくは枝豆をつまんだ。テーブルの上には、大根サラダやさつま揚げや肉じゃがが、ところ狭しと並んでいたが、どれもほとんど手つかずのままだった。

バカなことを訊いてしまったと悔やんでいると、瑞希が答えの続きを話しだした。

「ここまでバラしちゃったんだから、もう隠す必要なんてないでしょ。でもね、自分でもよくわからなかったのよ。紺野先生に対して抱いている気持ちが、どういった種類のもので、いったいどこからわいてくるのか」

「そんなことって、あるのかい？」

「ほんとうにわからなかったのよ。あの日までは」

「あの日？」

「真吾と、イタリア料理のお店に行った日」

「そういえば、あのとき……」

あの人が上品な女性と連れ立ち、ぼくらのテーブルのわきを悠々と通りすぎてゆくその姿が、鮮明に脳裏によみがえった。

「女の人と話している紺野先生の横顔を見て、アタシは『はっ！』と思った」

たしかにあのとき、あの人を見つめる瑞希の眼差しに、ぼくは衝撃を受けた。何か尋常ならざるものを感じさせる、鋭い目つきだった。

運ばれてきたビールをひと口飲み、瑞希は言った。

「そのとき、はじめて気がついた。あの横顔は、お父さんだって」

「お父さん？」

サヤからとび出した枝豆が鼻先に当たり、ジョッキの泡にポチャリと落ちた。

「もしかしたら、ほんとうの父の横顔じゃなくて、ずっと後になって頭のなかでつくり上げた、父のイメージかもしれない」

「それって、どういうこと？」

「アタシが3歳になる前に、父は家を出ていったの」

「…………」

「だから、はっきり覚えていないのよね、父の顔は。母は父の写真をぜんぶ処分しちゃったし、父と遊んだ記憶もほとんどない」

ぼくは、何も言えなくなってしまった。

「その後、母は女手ひとつでアタシを育て上げてくれた。でもね……小さいころは母とふたりの生活を当たり前と思っていたけれど、思春期になると、心にぽっかり穴があいちゃったみたいな、どうしようもない空《むな》しさを感じるようになったの。だけど、父のことは思い出そうにも、思い出せない……」

瑞希は淡々と語りつづけた。

「アタシが5年生からしゃかりきに勉強しだしたのは、そんな心のすき間を埋めたかったからだと思う。空しさなんて感じる暇がないくらい、何かに夢中になりたかった……。もちろん、母に恩返ししたい気持ちもあったけど」

「お父さんのこと、恨んでいる？」

「ううん、そんなことはないわよ。しかたのないことだと思う。あのころ、父もまだ若かっただろうし……。アタシも大人になってからはずっと、父のことは忘れていた。自分のなかで、もうとっくにふんぎりはついていて、二度と思い出すこともないだろうと思っていた……あの日までは」

「……そうだったのか」

「でも正直いって、紺野先生のことはちょっと恨んだかな」

「恨むって、何を？」

「苦しんだのよ、アタシ。あの日からきょうまで。なんでいまごろになって、お父さんのことなんか思い出させたの？　どうして、こんなに切ない思いをしなきゃならないのって……」

瑞希の声がほんの少し震えたが、すぐにもとの淡々とした口調にもどった。

「わかっている、すべてはアタシの身勝手な妄想よ。もしかしたら紺野先生は、アタシの父とは似ても似つかない人かもしれない。それに、結婚もしてないし、お子さんもいない先生と父を重ね合わせるなんて、おかしな話よね。でも、どうしてかわからないけれど、知りもしないお父さんを思い出させたのよ、紺野先生は」

「なんだか不思議だね」

もちろん亡くなったぼくの父とは正反対のタイプだが、たしかにあの人は、父性を感じさせる何かを持っていた。それはたんに、瑞希やぼくの父親と同じ世代だから、というだけの話ではない気がした。

「でもきょう、紺野先生の日常を見られて、ほんとうによかった。なんだか少し、ふっ切れた気がする」

「そうだね……。ぼくもよかった」

「だけど考えてみたら、かなり突飛な日常よね」

「まったくだ」

「たぶん明日からは、もっと自然に紺野先生と話ができると思う。いろいろと相談もしちゃうかもしれない」

「いいんじゃない」

　ぼくも、肩の荷が下りたような気分だった。

　明日からは、瑞希に気をつかう必要はない。気楽にいろんなことを話せるだろう。

　それに、あの人と瑞希がデイルームで会話をしている図を想像すると、なんだかうれしくなってきた。

「ビール、ぬるくなっちゃったね」

「仕切りなおそうか。きょうはおれがおごるから」

「ラッキー！　あー、ガラにもなく身の上話なんかしたら、おなかへっちゃった」

――うん、やっぱりいい。

瑞希の屈託ない笑顔が、ぼくは好きだ。

青天の霹靂《へきれき》

あの人の、もう一つの顔を目のあたりにした日を境に、瑞希の態度が一転したわけではない。彼女はあいかわらず、あの人とのあいだに一定の距離を保っていたし、気楽に話しかけることもなかった。

瑞希はやはり、あの人のことを意識していた。しかし、変化は徐々に現れた。

以前はけっして足をふみ入れようとしなかったデイルームに、瑞希は仕事の合間に顔を出し、患者や家族と接するようになった。彼女が無意識のうちに構えていた患者とのあいだの垣根を、あの人がとっぱらってくれたのだ。

デイルームでの瑞希の振る舞いは、はじめは少々ぎこちなく、あるいはわざとらしく見えたけれど、彼女は日々環境に適応していった。患者たちも彼女の訪問を歓迎した。

デイルームから聞こえるキンキン声に、思わずふり返るナースもいたし、病棟中に響きわたる笑い声に、岡崎ナースから指導を受けることもあった。

病棟医長をはじめ何人かのドクターは、デイルームで患者と談笑する瑞希の姿を不思議そうに眺めていたが、あえて何かコメントすることはなかった。中田医師など多くのドクターは、彼女の変化に気づきさえしなかった。

瑞希もぼくも、それほど長い時間デイルームにいたわけではないし、あの人と行動をともにすることもなかった。けれども、デイルームで過ごす時間をあの人と共有しているという思いが、ぼくのなかにはあった。たぶん、瑞希も同じ気持ちではなかったかと察する。彼女が仲間に加わって、ぼくは内心うれしかった。

6月の第4土曜日、あの人の家で開かれるパーティーに、ぼくは瑞希とふたりで参加した。丘の上に建つレトロな一軒家のたたずまいと、そこに集まってきた大勢の人たちに、さすがの瑞希も戸惑い気味だったが、すぐに場の雰囲気になじみ、顔見知りの元患者たちと楽しそうに話しはじめた。

庭に置かれた白いテーブルの一席に腰かけ、缶ビールを片手にのんびり人々の様子を観察していたら、瑞希がやってきて、ぼくのとなりに座った。

「ヤッホー、楽しんでる？　真吾」

「ああ。なんだか落ちつくね、ここは」

「ほんと。アタシもきょうはじめて参加した気がしないわ。みんな、ずっと前からの知りあいみたい」

「そりゃちょっと、ずうずうしいんじゃない？」

ふたりで話しはじめたら、すかさずIさんが冷やかしにやってきた。

「よう、なかなかお似合いだね、おふたりさん！」

「そんなんじゃないですよ」

ぼくがあわてて首を振ると、瑞希が付け加えた。

「病棟じゃ、毎日のようにケンカしてるし」

「いいじゃないの。おれは好きだな、あんたたちみたいに熱く議論する若者が。何かについて言い争えるってのは、すばらしいことだよ」

「ぼくたち、そんなに熱くなってます？」

「いまの時代は若者も大人も争いを避けて、すぐに事をまるくおさめようとするからなあ。あんたたちみたいにちょっと議論すると、目立っちゃうんだよ。当たり前のことをしてるだけなんだけどな」

「ぼくも自分じゃ、事なかれ主義だと思っていますけど」

瑞希がぼくをふり向き、キンキン声を出した。

「なに言ってんの、真吾！　ものすごい頑固者のくせして」

「瑞希だって一度言いだすと、絶対ゆずらないじゃないか」

「けっこう、けっこう。大いに議論してくれたまえ。ケンカするほど仲がいいって言うもんな。ハハハ……」

Iさんは高笑いして、ぼくたちから離れていった。

瑞希はいったん席を立つと、缶ビールを持ってもどってきた。ぼくはビールをひと口飲んでから、瑞希に話した。

「先月ここに来たとき、Iさんが言っていたんだ」

「なんて？」

「ここではだれも病気の相談なんかしない。月に一度、紺野先生の顔を見にきて、仲間といっしょにわいわいやる。みんな、ただそれだけで、すごく安心するんだって」

「……そうかあ」

瑞希は二度、三度とうなずくと、ぼくに訊いてきた。

「Nさんのこと、覚えてる？」

「もちろん。その後、どうしてる？　彼女」

「つい3日前、外来受診に来ていたけど、元気だったわよ。今度こそきっぱり、アルコールを断ったって」

「そう」

「状態も安定していたわ。もちろん肝臓は、もとにはもどらないけどね」

ぼくは黙ってうなずいた。

アルコールを完全に断ったとしても、Nさんの余命はせいぜい5年くらいか。残りの人生を、彼女はどのように生きていくのだろう……。

「でね……アタシ、ずっと疑問に思っていたんだけど、思い切ってNさんに訊いてみたんだ。どうして紺野先生にだけ、ほんとうのことを話す気になったのかって」

「なんて答えた？　Nさんは」

「彼女もよくわからないって。気がついたら、話していたそうよ」

「気がついたら？」

「Nさんはうちに入院したころ、いいかげんうんざりしていた。ナースには何度も同じことを訊かれるし、医者たちは自分より肝臓に興味を持っているように思えて……。ほんとうのことなんか話すもんかって、意固地になっていたんだって」

「ふーん……。そんなふうには見えなかったけど」

「医者はみんなエラソーにしてるけど、自分が真相を語らなければ病気の原因すらわからないんだって、ちょっと痛快だったそうよ」

「まあ、そのとおりだね」

「そんなとき、紺野先生とデイルームで話す機会があって」

「瑞希と飲みにいった、あの夜のこと？」

「そう。あのとき紺野先生はNさんに、何も訊かなかったんですって」

「何も？」

「そう。最近はやってる連続ドラマの話とか、このあいだおいしいパン屋さんを見つけたとか……病気の話はいっさいしないで、世間話をしてるだけ。そのうちに、ふっと肩の力が抜けて、意地を張っているのがバカらしくなっちゃった、って」

「そうか……」

「Nさんは紺野先生の前で、はじめて自然体になれたのね」

「ほかのドクターにはない何かを感じたんだろう、きっと」

「なんなんでしょうね、それは」

「わからない。でも、たしかに何かを持っている、あの人は」

そのときふと、ぼくは思った。あの人にはどんな過去があるのだろう、と。考えてみれば、ぼくはあの人について、何も知らないのだ。

ほろ酔いの頭で、ぼくは思いをめぐらせた。

──あの人は、37歳で医者になったと聞いているが、それまでどんな人生を送っていたのだろう？　あの人はなぜ、デイルームで多くのときを過ごすようになり、ふつうのドクターとは異なるライフスタイルを確立したのか。成りゆきとはいえ、どうしてベビーシッターなど引き受けたのか……

「真吾、あの人！」

瑞希のキンキン声で、ぼくはわれに返った。

彼女の視線の先に、予期せぬ人が立っていた──Yさんだ。

Yさんが、肺がんの治療を受けぬまま退院して、ひと月半ほど経過していた。あの日以来、Yさんの顔を見るのは、はじめてだった。少しやせたようだが、顔色は悪くなく、まずまず元気な様子だった。

Yさんは飲みものを手に取ることもなく、あの人が座っている縁側まで歩いていった。あいさつを交わすと、そのまま縁側に腰かけ、何やら話しはじめた。

あの人と話すYさんの表情は、とくに深刻ではなく、切羽詰《せっぱつ》まった感じもない。かといって、笑顔で和気あいあいというのでもなく、むしろ淡々としていた。

ころあいを見はからってあいさつにいこうと思っていたら、Iさんがまた、ぼくらのところにやってきた。

Iさんの昔話や病棟での裏話に、瑞希といっしょに大笑いしているうちに、あっという間にときは過ぎていった。ふと気がつくと、Yさんはもういなかった。

あいさつをしそこねたのは少し心残りだったが、Yさんがあの人と何を話したのか、とくに気にはかからなかった。

それよりも、瑞希がこのパーティーを楽しみ、あの人とも気楽に会話する機会を持てたことが、ぼくはうれしかった。

翌週から7月にかけ、ずっと雨の日が続いた。外が晴れていようが雨だろうが、一日中病棟にいるぼくらには関係のないことだが。

病棟はあいかわらずあわただしかったが、あの人と瑞希の距離はパーティーの日からぐっと縮まった。ぼくも以前にも増して、あの人と言葉を交わすようになった。

三人のドクターは入れ替わり立ち替わり、デイルームに足を運んだ。

ときには病気の相談を受け、ときには雑談をしながら、患者や家族たちと時間を共有した。患者とぼくらのあいだに、ちょっとした連帯感が生まれたように思う。

もはやデイルームでときを過ごすドクターは、あの人だけではなかった。ただ瑞希とぼくは暗黙の了解で、けっして窓際には陣取らなかった。

むろん、「窓際ドクター」と呼ばれることを恐れたからではない。ぼくらはあの人に敬意を表し、窓際の席に腰かけなかったのだ。

外はどんより暗く、じめっとした雨が降りつづいていたが、心のなかは雲ひとつない晴天だった。デイルームで交流を持つようになってから患者との関係はうまくいっていたし、何よりぼくには、ふたりの心強い仲間がいる。

医者になって2年と3か月、病棟に勤務してきたが、いまになってはじめて働くことの楽しさがストレスを上回った。まったく同じ仕事でも、心の持ち方と仲間しだいでこんなに楽しい職場になりうるのだ、と実感した。

けれども、5階総合内科病棟での平和な日々は、長くは続かなかった。

7月半ば、瑞希とぼくは病棟医長と看護師長から、直々《じきじき》に呼び出された。

なんと、デイルームで患者と会話をすることを差し控えるよう、勧告を受けたのだ。

「君たちのポリシーはわからないでもないが、患者さんは友だちじゃあないからね」

面談室で、瑞希とぼくに向きあって腰かけると、病棟医長はもっともらしく語りはじめた。

となりで看護師長が、わざとらしくうなずいた。

「必要以上に接触を持つのは、いかがなものかと思うよ」

病棟医長の言葉に、瑞希はつっかかった。

「『いかがなものか』って、どういう意味ですか？　はっきり言っていただかないと、私にはわかりません」

やれやれという顔をし、病棟医長は言った。

「じゃあ、はっきり言おう。必要なとき以外、デイルームで患者と話をするのは遠慮してもらいたい」

「どうしてですか？」

「第一に、われわれの使命は患者の病気を治すことであり、患者と仲良くなることじゃない。第二に最近、わが病棟の平均入院日数が延びている。病院の収益を上げるためにも、われわれは極力、入院日数を短くする努力をせねばならない」

「デイルームで話をすることと、入院日数と、いったいどんな関係があるのですか？」

病棟医長の言いたいことはわかっていたが、ぼくはあえて質問した。

「わからんのかね……。あんまり病棟の居心地がいいと、患者が長居してしまうだろう？　デイルームは患者さんや家族のためのスペースであって、サロンじゃないからね。ドクターが出張サービスする必要はない」

「サービスしているつもりはありませんけど」

「とにかくだ。患者とダべっている暇があったら、一日も早く患者の病気を治して退院させるよう、君たちも努力してくれたまえ」

瑞希とぼくは顔を見合わせた。

「これは病棟医長からではなく、病院からの勧告なのですよ。おふたりとも、よくご理解くださいね」

看護師長がダメを押した。

言いたいことは山ほどある。しかし、ここはひとまず首を縦に振り、引き下がるしかないだろう。いま、たったふたりで反乱を起こしたところで、なんの解決にもならない。

翌日からぼくと瑞希は、病院の方針に従い、デイルームへの出入りを控えた。あの人だけは何も変わることなく、いままでどおり多くの時間をデイルームで過ごした。


7月下旬、Yさんが5階総合内科病棟に、ふたたび入院した。

Yさんはひと月前にパーティーで見かけたときに比べ、さらにやせていた。顔色は悪くないが、ついに痛みなどの症状が出てきたのだろう、とぼくは推測した。

しかしYさんに話を聞くと、多少のだるさはあるもののとくに調子は悪くないとのことで、これといった症状は出現していなかった。

前回、何も治療を受けずに退院してから2か月半、もちろんがんはさらに進行したけれど、とりあえずYさんは、自宅でほぼ思いどおりにときを過ごせたのだと思うと、ぼくはひとまず安心した。

なんの症状も出現していない現時点でYさんが再入院した理由は何か——それは、抗がん剤の治療を受けるためであった。

今回、Yさんは「治療を受ける」という、明確な意志を持っていた。どうやら外来で中田医師に、いまからでも遅くないので治療をはじめるよう、再三にわたって説得され、ついに決心したらしい。

正直、ぼくは疑問だった。これからYさんに抗がん剤を投与することに、意味があるのだろうかと。もちろん、Yさんの余命が延びる可能性はあるけれど……。

そしてぼくは、一抹の不安を抱えていた。いくら元気に見えても、Yさんの体力はそうとう落ちている。余命が1、2か月延びることと引き換えに、抗がん剤の副作用に苦しむ厳しい日々が、Yさんを待ちかまえてはいないだろうかと。

けれども、あの人が面談のときに言ったように、治療を受けるか受けないかはYさんが決めることだ。ぼくがよけいな口をはさむべきではない。

とにかく、できるだけYさんの希望に沿った治療をしようと、ぼくは思った。

Yさんが入院した翌日のこと、担当患者を回診していたぼくは、男性の大部屋でしゃべっていたふたりの患者の会話を、偶然耳にした。

「きのう、となりの個室に入院したYさんって人、知ってるか？」

「ああ、知ってるよ。たしか2、3か月前に一度入院したけど、あっという間に退院してった患者だろう？」

「そうそう。せっかく入院したってのに、なんの治療も受けないまま一方的に退院させられて、そのまま2か月半もほっとかれたそうだ」

「2か月半もかい？」

「ああ。そのあいだにがんが、どんどん進行しちまったんだって」

「そりゃあ、ひどい話だ」

「Yさんも相当、怒っているらしいぜ」

「そりゃ当然だ。だれだったんだ？　担当ドクターは」

「窓際ドクターさ」

「紺野先生か？」

「そうだ」

「たしかにあの先生は人当たりがいいけれど、あまり積極的に治療してくれないっていう話だよな」

「そうそう。なんていうか、ただ様子をみてるだけっていうか」

「まあ、おれたちの担当じゃないから、関係ないけどな……」

このふたりはIさん同様、慢性疾患で入退院をくり返している患者で、病棟ではいつも、ふたりつるんで行動している。

Iさんは隠しだてがきらいで、相手かまわず思ったことをズバズバ口にするが、このふたりは陰で他人のうわさ話をするのが趣味、といった感じだった。

同じ常連でもまったくタイプの異なる両者は、互いに馬が合わないようで、Iさんがふたりを相手に口ゲンカをしている光景を、何度か見かけたことがある。

なんの根拠もないふたりの無責任な物言いに、ぼくは無性に腹が立ってきた。よほど乱入してやろうかと思ったが、患者とかかわりすぎるなと病棟医長からクギを刺されたばかりなので、ぐっとこらえた。

けれども、その日から5階総合内科病棟で、あの人に関する良からぬうわさが広まっていった。

Iさんが不在なのをいいことに、あのふたりが根も葉もないデマを患者たちに吹聴《ふいちょう》して回っているのではないか、とぼくは疑った。

Yさん自身は、ほかの患者と会話をすることもなく、検査のとき以外は自分の部屋にこもっていた。入院後、Yさんがあの人と話している姿も、あいさつを交わしている姿も、一度も見なかった。

抗がん剤による治療がはじまる前日、Yさんと奥さんに対する説明が、ふたたび面談室で行われた。

もちろん今回あの人は出席せず、中田医師が直々にふたりに説明した。同席したのは、ぼくと岡崎ナースだった。

Yさんに投与される抗がん剤の、臨床における実績や、期待される効果についてひとしきり話すと、中田医師はさも残念そうにつぶやいた。

「2か月半前に、はじめていればねえ……」

ぼくは胸のうちで、ため息をついた。

——きっとこの人の頭のなかは、雲ひとつなく晴れ渡った秋空のように、クリアなんだろう。

そこには一点の疑問も生じる余地はない。いかなるケースであれ、呼吸器学会で承認された最先端の治療マニュアルに従うことがベストだと信じきっている。

あのとき治療をはじめていれば、Yさんがいまよりいい状態だったかどうか……それは、神のみぞ知るところである。

だいたい、いまさらそんなことを言ってもはじまらない。Yさんによけいな後悔の念を抱かせるだけだ。

ピッチのバイブレーションが、しーんと静まりかえった面談室に響いた。

中田医師はさっと立ち上がり、白衣のポケットからピッチを取り出した。ふたこと、みこと話して電話を切ると、中田医師はぼくに耳打ちした。

「外来から呼び出された。あとはよろしく頼む。わかっていると思うけど、起こりうる副作用はすべて話しておくように」

中田医師はYさんと奥さんのほうに向きなおり、極力明るい口調で声をかけた。

「もちろんいまからでも、効果は十分に期待できます。どうぞ、明日からがんばってください」

中田医師が中座すると、ぼくは明日からの抗がん剤投与のスケジュールと、副作用について説明した。なんだか、敗戦処理をまかされたピッチャーみたいな気分だった。

Yさんと奥さんは表情を変えることもなく説明を聞いており、ぼくが話し終えるまで終始無言だった。たぶんすでに外来で、中田医師からおおかたの話を聞いていたのだろう。

Yさんも奥さんも何も質問してこないので、ぼくはYさんに話しかけた。

「この2か月半、体の調子はいかがでしたか？」

一瞬、「なんでそんなことを訊くの？」という顔をして、Yさんは答えた。

「まずまずでしたけど」

少し迷ったが、ぼくはYさんに訊いた。

「いろいろと、やりたいことはできました？」

すると、Yさんはぼくに訊きかえした。

「それはいったい、どういう意味でしょう？」

Yさんのぴりぴりした口調に、ぼくは思わず口ごもった。

気まずい沈黙を破ったのは、岡崎ナースだった。

「よけいなことをお訊きして、たいへん失礼いたしました」

岡崎ナースはYさんと奥さんに深々と頭を下げると、すっと立ち上がった。ぼくも、岡崎ナースにならった。

「では明日からどうぞ、よろしくお願いいたします。不都合がありましたら、なんなりとお申し付けください」

面談室を出ると、岡崎ナースにたしなめられた。

「ちょっと無神経じゃない？　もう少し、患者さんの気持ちをくんであげなくちゃ」

「はい」

たしかにぼくは無神経だった。明日からの治療に懸けているYさんに、いま訊くべきことではない。

「でも、訊きたくなる気持ちはわかるわ。ヘンなうわさが流れているものね、病棟で」

もしかしたら岡崎ナースも、同じことを懸念《けねん》しているのかもしれない、とぼくは思った。

――ぼくの質問にあそこまでぴりぴりするとは、もしかしたらYさんは、ほんとうに怒っているのだろうか……。

もしそうだとすると、中田医師をはじめとする医局サイドのドクターから、あの人がやり玉にあげられることは必至だ。

「大丈夫、Yさんは怒ってはいない。ただちょっと、混乱しているだけだと思う」

不安うず巻くぼくの胸中を見通したかのように、岡崎ナースは声をかけてくれた。

が、しかし……。

数日後、事態はさらに悪化した。

月に一度、あの人の家に患者や元患者が集まりパーティーをしていることが、おおっぴらにされたのだ。

「よりにもよって、なぜこのタイミングで？」と、ぼくは思った。

いったいだれが情報を漏らしたのかわからないが、いずれにせよ病棟でのあの人の立場は、非常に危ういものとなった。

あの人はなんの言いわけもしなかったが、病棟医長はさすがに渋い顔をしていた。

瑞希は、病棟医長にクギを刺されたその日から、ふたたびあの人とのあいだに距離を置くようになっていた。Yさんが再入院した件についても、パーティーが発覚した件についても、彼女はノーコメントだった。

実際のところ瑞希は、これらの出来事にとてもかかわっていられないくらい、あわただしい状況にあった。

もともと彼女はこの大学病院で、複数の内科病棟をローテートする希望を出していたらしいが、8月のあたま、つまり来週から急きょ、循環器内科病棟にて勤務するよう、医局長から言いわたされたのだ。

いっぽうあの人は、8月の1週目に夏休みを取っていた。夏休み前日、あの人は病棟医長と小一時間、面談室に入っていた。

そして、8月の第1週——。

あの人も瑞希もいない病棟は、なんだかとても空しく感じられた。きのうまでふたりがいた、あのなじみの5階総合内科病棟とは、まったく異なるフロアで働いているような気さえした。

しかし、寂しさにひたっている暇はなかった。

ドクターが一気にふたりいなくなったので、いつもの倍の患者を診療しなくてはならなかったから。

8月2週目の月曜日、ぼくはいつものように7時ぴったりに5階総合内科病棟に出勤した。けれどもそこに、あの人の姿はなかった。

胸さわぎを抑えつつ、ぼくは新入院患者の下調べをした。ときおりナースステーションから、デイルームを見やりながら。

しかし……いつまでたっても、あの人は現れない。

8時半になって、ようやく病棟医長がナースステーションにやってきた。ぼくは病棟医長に歩みより、さっそく尋ねた。

「紺野先生は、きょうから出勤ではないのですか?」

いともあっさり、病棟医長は答えた。

「紺野先生は、辞表を提出されました」

夏の日のあの人

「紺野先生は、辞表を提出されました」

ぼくはその場でかたまった。

「いやー、いきなりでしたからね。ぼくもびっくりしましたよ」

びっくりしたというわりに、病棟医長は表情を変えることもなく、あっさり言った。

「……いきなりって、いつですか？」

真っ白な頭のまま、ぼくは病棟医長に訊いた。

「先週末ですよ。まあ、どっちにしろ紺野先生は、9月に転勤の予定でしたがね」

「転勤って……ちがう病院へ、ですか？」

「医者が転勤する先は、病院に決まっているでしょうが。もっとも紺野先生だったら、ほかのサービス業でも務まりそうですけど」

本気とも冗談ともつかぬ口調で、病棟医長は答えた。

それにしても、あの人が転勤する予定だったなんて、はじめて聞いた。

「前から決まっていたんですか？」

「まあ、そんなに前じゃないですけど……。さあ、藤山先生、いつまでも立ち話してないで。カンファレンスがはじまりますよ」

夢遊病者のようにふらふらと、ぼくはカンファレンスルームへ向かっていった。

後日、聞いた話によると、あの人は夏休みに入る前日に病棟医長から、群馬の関連病院への転勤を打診されたそうだ。

大学病院に勤務するドクターは所詮、組織のなかで働くサラリーマンである。何年かに一度、転勤話が持ち上がるのは不思議でもなんでもない。ましてやあの人は「窓際ドクター」と呼ばれていた。

しかし、異動の季節でもない9月にいきなり転勤を言いわたされるのは、いかにも不自然で、どことなく作為的なにおいがする。あの人の素行に関する良からぬうわさを聞きつけた医局が、なんらかの圧力をかけたことは想像に難《かた》くない。

あの人は即答せず（当然だろう）、「夏休みのあいだ考えさせてほしい」と、病棟医長に答えたそうだ。

その日を最後に、あの人は二度と病院にもどってこなかった。

8月中、ぼくは何度かあの人の家を訪ねてみたが、いつも決まって不在で、人の気配も感じられなかった。

庭の雑草は伸び放題で、片すみにはリヤカーといっしょに3台のソーラーライトが置かれていた。

たったひと月半しかたっていないのに、瑞希とふたりでパーティーに参加した日のことが、ずいぶんむかしのように思われた。

もしかしたらあの人は、長い旅に出たのかもしれないな、とぼくは思った。

どういうわけか旅路のあの人は、飛行機ではなく、いつも電車で移動しており、海外の有名観光地などではなく、田舎のあぜ道やひなびた温泉街を歩いていた。

もちろんそれは、ぼくの勝手な想像にすぎないが……。


その後もYさんは、何も語らなかった。

治療を受けなかった2か月半のあいだ、どのように過ごしていたのか。そして、6月末のパーティーで、あの人とどんなことを話していたのか……。

ぼくもあれから二度と、Yさんに立ち入ったことは訊かなかった。

一日にきっちり3回病室を訪れ、「体調はいかがですか」と尋ね、身体をくまなく診察し、治療の説明をくり返した。ときには当たり障りのない世間話をすることもあったけれど。

体調を問われると、Yさんは決まって「変わりはないよ」と答えた。

しかし……7月末に抗がん剤の投与をはじめてから、Yさんは目に見えて憔悴《しょうすい》していった。

もちろんそれは、がんそのものが日に日にYさんの肉体をむしばみ、体力を奪い取っていった結果だろう。

それにしても治療の副作用は、想像以上のものだった。抗がん剤は追い打ちをかけるように、衰弱したYさんの身体にダメージを与えていった。

ぼくは呼吸器カンファレンスで、Yさんへの抗がん剤投与を中止したらどうかと、中田医師に提案した。

しかし中田医師は「まだ効果も判定できない現時点において、治療を中断することは許されない」と、ぼくの提案を一蹴した。

そしていつものように、中田医師はYさんのベッドに向かうこともなく、そのまま医局へもどっていった。

8月半ばの週末、Yさんは週末を自宅で過ごしたいと、外泊を申し出た。

いまのうちに家に帰っておいたほうがいいと、ぼくも思った。このまま治療を継続したら、体力はさらに落ち、食欲もなくなり、外泊すらできなくなってしまう可能性があるからだ。

月曜日、Yさんはノドを腫らして、病院にもどってきた。

「なあに、ちょっと夏風邪をひいただけだよ」と、Yさんは言ったけれど、ぼくの胸に一抹の不安がよぎった。

案の定、翌日からYさんは咳《せき》と痰《たん》が止まらなくなり、最初は37℃程度だった熱は、下がるどころかどんどん上昇していった。

そして3日目、胸のレントゲン写真を撮ると、両肺にはっきりと白い影が出現していた。

――肺炎である。

通常、この程度の肺炎であれば、抗生剤の点滴による治療で、1週間もかからずに完治するだろう。しかし、Yさんの場合は、まったく事情が異なった。

抗がん剤は、もちろんがん細胞を攻撃し、腫瘍を縮小させる効果があるが、同時にがん以外の正常細胞にも少なからずダメージを与える。残念ながら現時点では、100パーセントがん細胞を狙《ねら》い撃ちできる抗がん剤は存在しない。

すなわち、すべての抗がん剤は腫瘍を縮小させることと引き換えに、体内のすみずみの細胞にダメージを与え、われわれの身体にもともと備わっている自然治癒《ちゆ》力や免疫力を、如実に低下させてしまう。

Yさんは、明らかに体力が落ちているうえ、抗がん剤の副作用により免疫力も低下している。そんな患者の肺が細菌やウイルスに冒されたら、それはたんなる肺炎ではすまされない。肺炎は重症化し、ときには命にかかわる重篤《じゅうとく》な状態になりうるのだ。

発見されたのは5月だが、おそらくかなり以前から、がんは発症していたはずだ。やはり、長期間にわたるがんとの闘いで消耗したYさんの身体には、抗がん剤の治療は酷であったようだ。

もし2か月半前に治療をはじめていれば、肺炎はここまで重症化しなかったのではないか？　むろん抗がん剤による副作用は避けられないが、とりあえず数か月の延命効果はあったかもしれない。

――なんの症状もなく元気な2か月半と、副作用を抱えながら過ごす半年間は、いったいどちらが貴重な時間なのだろう？

瑞希のいなくなった医師控え室で、ぼくはひとり考えた。

しかし、いくら考えたところで、その答えはわからない。いま自分にできるのは、Yさんの肺炎の勢いを少しでも抑えるため、できうるかぎりの治療を施すことだ。

ぼくは、予定していた夏休みをキャンセルした。

瑞希とちがい、ぼくはローテーションの希望を出していない。少なくとも来年の春までは、ほかの病棟に異動する可能性はない。

秋になって落ちつけば、たぶん1週間ほどの休みは取れるだろう。

夏休みを返上したぼくは、翌週も必死にYさんの治療に当たった。

けれども、Yさんの肺炎は治まるどころか、より広範囲に及んでいった。さらに胸膜炎《きょうまくえん》まで併発し、両肺に水がたまりだした。

こうなると、ただでさえ機能が低下しているYさんの肺は、生きていくために十分な酸素を取り込むことができない。

Yさんはいよいよ呼吸が苦しくなり、酸素マスクを着用せざるをえなくなった。しかし皮肉なもので、言葉を発しなくなったYさんは、逆にぼくに心を開くようになった。

病室を訪れるたび、Yさんはぼくを笑顔で迎え、「毎日ご苦労さん」と、声にならない声をかけてくれた。

懸命な治療にもかかわらず、Yさんがもう一度外泊できるようになるまで回復する可能性は、日に日に低くなっていった。けれども、Yさんの笑顔を見るたびに、ぼくは少しだけ救われた気持ちになった。

Yさんがこのような状況であるにもかかわらず、中田医師は病室に顔を見せなかった。

8月最後の土曜日、肺炎は悪化の一途をたどり、Yさんの呼吸状態はいよいよ切迫した。もはや、酸素マスクでは追いつかない。命を維持するために必要な酸素を確保するには、気管内挿管《そうかん》の処置を行い、Yさんの肺に直接、酸素を送り込むしかない。

しかし気管内挿管をしたとしても、肺炎が治癒し、Yさんが回復する可能性は高くはない。もし回復しなければ、気管にチューブを入れたまま、最期を迎えることになってしまう。

午後3時過ぎ、ぼくは意を決し、ふたりのナースとともに病室へ向かった。

Yさんと奥さんに現状を説明し、気管にチューブを挿入し肺に酸素を送るかどうか尋ねると、Yさんは即座に首を横に振った。

奥さんも涙ながらにうなずいた。

「わかりました。ではこのまま、酸素マスクを続けます」

ふたりのナースは救急カートを押し、病室から出ていった。

ふと気がつくと、ベッドに横たわったYさんが、苦しそうに息をしながらしきりに指を突き出し、奥さんに何かを指示していた。

「わかりましたよ、あなた」

Yさんにそう言うと、奥さんはぼくに向かって質問した。

「紺野先生はいま、どこにいらっしゃるのでしょう？」

　二度目の入院以来、Yさん夫妻があの人の名前を口にしたのは、はじめてのことだ。

「なぜいまになって」と戸惑いつつも、ぼくは答えた。

「ぼくもよくわからないのです。病院を辞めたあと、一度も会っていないので……」

「昨夜になって、主人がどうしても会いたいと言いだしまして」

「そうですか……」

「でも、藤山先生もごぞんじないなら、しかたないですわね」

Yさんは一瞬、とても悲しそうな顔をした。

ぼくは、いたたまれない気持ちになった。

「これから捜してきます!」

気がつくと、ぼくはYさんに向かって叫んでいた。

「いいんですよ、先生。主人のわがままですから」

「とにかく行ってきます。見つからなかったら、勘弁してください」

ぼくはYさんの病室を出ると、急ぎ医師控え室にもどり、白衣を脱ぎすてた。

サンダル履きのまま外にとび出したぼくは、自転車置き場までかけていった。そして、夏の日射しを浴びながら、あの人の家へ向かって自転車をかっ飛ばした。

坂道にさしかかると、ぼくはサドルから尻を持ち上げ、全力で自転車をこいだ。ツクツクボウシの大合唱が、暑さに拍車をかけた。

ようやく坂を上り詰め、ぼくはあの人の家の前に立った。ぬぐっても、ぬぐっても、顔から汗がしたたり落ちた。

呼吸を整えながら、ぼくは門を通りぬけた。

——どうか、帰っていてくれ！

祈るような気持ちで玄関のチャイムを押したが、だれも出てこない。やはりあの人はまだ、旅に出ているのだろうか？

ぼくは玄関から離れ、縁側に回ってみた。

——おやっ？

縁側へ通じるサッシが、半分開いているではないか！

ぼくは縁側の前に立ち、家のなかに向かって大声で呼びかけた。

「紺野先生！　紺野先生！」

何度呼んでみても、返事はない。耳を澄ませても、聞こえるのはツクツクボウシの鳴き声ばかりだ。

どうしたものかと迷ったが、病室であの人を待つYさんのことを思うと、このままもどるに忍びなかった。

ぼくは思い切ってサンダルを脱ぎ、縁側に上がった。そして、半開きになったサッシから、家のなかに入っていった。


居間はがらんとしていて、人の気配はなかった。

テレビの前のテーブルに目をやると、飲みかけのコーヒーカップがあった。あの人が病棟で使っていたものだ。

――あの人は、たしかに帰ってきている。買い物にでも出かけたのだろうか？

ぐるりと居間を見回すと、部屋を仕切るふすまがあった。念のため、もう一度あの人の名を呼んでから、ぼくはふすまを開けた。

無断で立ち入ってはいけないとわかっていたが、ぼくは部屋のなかをのぞいてみた。

それは、こぢんまりとした日本間だった。

ダンボール箱や雑誌や紙袋などが、雑然と積み重なっており、どちらかといえば物置に近かったが、部屋の一角だけがきちんと片づいていた。

よく見ると、そこに小ぶりの仏壇があった。

引き寄せられるように、ぼくは仏壇に近づいていった。

仏壇の棚には、小さな写真立てが置いてあった。

写真を前にして、ぼくはぽかん、と口を開けた。

それはまったく予想外のものであり、頭のなかにあるあの人のイメージと、容易には結びつかなかった。

――写真立てのなかで、三輪車に乗った2、3歳の男の子が、無邪気に笑っている。

そして、写真のとなりには、小さなつぼが。

――これは……

ぼくは焦点の定まらぬ目で、写真とつぼをぼんやり眺めていた。

家の外ではあいかわらず、ツクツクボウシの合唱が続いていた。

ふと、背後に人の気配を感じた。

ふり返れば、あの人がそこにいた。

「藤山君か？」

あの人は、買い物袋を両手にさげ、縁側の外に立っていた。

かすかにほほ笑み、夏の西日を全身に浴びて……。

葬られぬ過去

あの人は、夏の西日を全身に浴び、縁側の外に立っていた。

「藤山君か？」

ぼくはあわてて縁側へもどり、サンダルをひっかけ、あの人に頭を下げた。

「すみません、勝手に上がってしまって」

あの人は動じた様子もなく、かすかにほほ笑んで言った。

「どうしたんだ、いったい？」

われに返ると同時に、ぼくは自分の使命を思い出した。

――いまは一刻を争う事態だ。弁解している暇はない。

「紺野先生、いますぐ病院に来てください！」

あの人は、首をかしげた。

「はて……ぼくはもう、病院を辞めたはずだが」

「Yさんが、危篤《きとく》なんです」

かいつまんで事情を伝えると、ぼくは「とにかくYさんに会ってほしい」とあの人に嘆願《たんがん》した。

　話を聞き終えると、あの人は何も質問することなく、じっと考え込んでいた。

　その間、30秒にも満たなかったと思うが、ぼくにはとてつもなく長い時間に感じられた。

「わかった、行こう」

　あの人は、ゆっくりうなずいた。

「ありがとうございます！」

「ちょっと待って、冷蔵庫に食料を入れてくるから」

　ぼくは自転車までかけていき、スタンドをはね上げた。

「どうぞ、うしろに乗ってください」

「おお、ありがとう」


「何号室だ？」

　エレベーターの扉が開くと、あの人はぼくに訊いた。

「505号です」

　あの人はデイルームには目もくれず、「あれっ？　いま通ったのは……」と目をパチクリさせているナースたちを尻目に、ナースステーションを通り越していった。

病室へ向かってずんずん歩いていくTシャツ一枚の大きな背中に、ぼくは声をかけた。

「紺野先生、白衣は？」

「必要ない」

ぼくはあわてて控え室にもどり、白衣をひっかけ、505号室へ向かった。

部屋に入ると、Yさんは半分目を閉じ、顎《あご》で呼吸していた。あの人はベッドサイドに立ち、Yさんの様子を眺めている。

やがてYさんが、目を開けた。

Yさんは苦しそうに呼吸しながらも、うれしそうに目を細め、あの人に向かって右手を伸ばした。

あの人は、ひとことも話さなかった。ただ、いつものようにほほ笑んで、Yさんのやせ細った手をしっかり握った。

言葉を交わさずとも、ふたりは心で会話をしているように、ぼくには見えた。

「失礼します」という声とともに、岡崎ナースが病室に入ってきた。

目の前の光景に、彼女は一瞬、驚きの表情を見せた。

しかし、岡崎ナースはすぐに状況を把握したようで、そのままドア付近にとどまり、黙ってふたりの姿を見守った。

あの人がふり返り、彼女に向かってうなずいた。

きりっと結んだ口もとをわずかにゆるめ、あの人にうなずき返すと、岡崎ナースは奥さんに「また来ます」と一礼し、部屋を出ていった。


ふたりが十分に心で会話をしたころ、奥さんがあの人に話しかけた。

「よろしかったら、あとで読んでください」

奥さんは、一通の封筒を差し出した。

「2週間前、外泊の許可をもらい、最後に家に帰ってきたときに、主人が書いたものです」

「そうですか……」

「『早く休んでください』と、何度も声をかけたのですが、けっきょく一晩中、主人は机に向かってこの手紙を書いていました」

「ありがとうございます。ゆっくり読ませていただきます」

あの人に手紙を渡しながら、奥さんは言った。

「もう一度、パーティーに参加したかったと、主人は申しておりました」

あの人が手紙を受け取るのを見届けると、Yさんは満足そうにうなずいて、ふたたび目を閉じた。

　封筒の表には、大きく、たどたどしい文字で、「ありがとう」と書かれていた。


　医師控え室にもどると、ぼくはあの人に訊いた。

「何か、できることはあるでしょうか？」

　あの人は、首を振った。

「なるべく苦しまれないよう、もう少し意識レベルを下げてあげたほうがいいだろう」

　あの人は、点滴薬の選択や今後の処置のポイントを、ざっと教えてくれた。

　一日でも長く生きていただくためではなく、なるべく安らかな最期を迎えていただくためのポイントを。

「さてと、そろそろおいとましよう。長居は無用だ」

　あの人は立ち上がった。

「ぼくは院内の喫茶室で、しばらく休んでいく。もし余裕があったら来てくれたまえ」

　ぼくはナースステーションで、あの人に教えてもらったとおりYさんへの指示を書きなおし、ふたたび病室へ向かった。

1時間後、病棟を出たぼくは、1階の喫茶室をのぞいてみた。

あの人は、奥の席で手紙を読んでいたが、すぐぼくに気づいて手を上げた。

「どうだい、Yさんは？」

「いまのところ、落ちついて眠っています」

「そうか……。たぶん今夜は、容態が急変することはないだろう」

手紙を封筒におさめながら、あの人は言った。

「心配しなくても大丈夫だよ。Yさんは再入院するまでの2か月半、有意義な時間を過ごされたそうだ。後悔はしていないって」

「そうですか……。よかったです」

Yさんの再入院以来、ずっとたまっていた胸のつかえが、ようやくおりた。

あの人は、通りかかったウェイトレスに声をかけた。ぼくはアイスコーヒーを頼み、あの人はホットコーヒーをもう一杯注文した。

「でも、どうしてYさんは入院後、何も語ろうとしなかったんでしょう？」

「いろいろと、複雑な思いがあったんじゃないかな」

「そうですよね。中田先生からは、熱心に治療をすすめられただろうし」

そのことについて、あの人はノーコメントだった。いまさらながらふつふつと、中田医師に対する怒りがわいてきた。

「ほんとうにヒドいですよ、中田先生は。あれほどすすめておきながら、いざ治療がはじまったら、一度も病室に顔を見せないんですから。Yさんがあんなに苦しんでいるっていうのに」

「まあ、忙しい人だからね、中田君は」

あの人は、表情を変えることもなく言った。

「きょうのことはぜんぶ、中田先生に伝えてやります。Yさんが、2か月半を有意義に過ごしたことも、紺野先生に感謝しているってことも」

「なんのために、そんなことをするんだい？」

やや首をかしげ、あの人は訊いた。

「だって、病棟で根も葉もないうわさが広まって、紺野先生が辞めざるをえなくなったのは、ある意味、中田先生のせいでしょう？」

「それはちがう」

あの人は、きっぱり言った。

「中田君は中田君なりに、信念を持って患者の治療に当たっているんだ。Yさんのために、ベストを尽くそうとしただけだよ」

「とにかく誤解を解きたいんです、ぼくは」

「その気持ちはありがたく受け取ろう。でもね……」

コーヒーをひと口飲んでから、あの人は言った。

「ぼくは自分の意志で辞めたんだ」

「だけど……」

ぼくを制するように、あの人は続けた。

「6年と4か月も、この病院で働いたんだよ。いままでの最長記録さ。どっちにしろ、潮時だったんだ」

「…………」

「それにぼく自身、そろそろ環境を変えたいと思っていたところだ」

「新しい病院は、決まったんですか？」

ぼくはあの人に訊いてみた。

「まだだけど、そんなことは心配しなくていい。さすがにベビーシッターだけじゃ、食いつなげないけどね、はは……」

あの人は、医局側から提示された関連病院への転勤話を断った。それは、大学病院との決別を意味する。

しかし……よくよく考えてみれば、あの人がいままで大学病院で働いてきたことのほうが、よほど驚きだった。

「しばらく休んでから、ゆっくり探すよ。医師免許っていうのは、じつにありがたい。食いっぱぐれる心配は、まずないからね」

ぼくはうなずいた。

あの人は医局を頼ることもなく、独自のやり方で居場所を見つけてきたのだ。ぼくみたいな、なんの信念も持たない若造が口出しするなんて、おこがましい。

「だけど」

あの人は言った。

「心配してくれてありがとう。藤山君がこんなに熱くなるのを、はじめて見たよ」

ぼくはアイスコーヒーのグラスにストローをさした。冷たいコーヒーが胃袋にしみわたっていった。

ほっとひと息つくと同時に、あの人の家の光景が、脳裏によみがえった。

それは、ほんの2時間ほど前の出来事なのに、ずいぶんときが経過しているように思われた。むかし観た映画のワンシーンのような気さえした。

「きょうは失礼しました。勝手に家に上がってしまって」

「いやあ、さすがに驚いたよ。縁側で藤山君の姿を見つけたときは」

「ほんとうに、すみませんでした」

「あやまることなんてない。感謝しているよ、藤山君のおかげでYさんに会えたんだから」

「そう言っていただけると……」

「きょうはご苦労さま。どうだい、軽くビールでも飲みにいかないか？」

　Yさんはしばらく眠っているだろうし、ほかの患者の容態も落ちついている。断る理由は、何もなかった。

「はい」

　というよりも、断れない状況に、ぼくは置かれていた。あの写真を見てしまった以上……。

　ぼくが返事をすると同時に、あの人はさっと伝票をつかみ、レジに向かった。

　病院を出ると、外はすっかり暗くなっていた。

「ずいぶん日が短くなった。もう夏も終わりだな」

　夜道を歩きながら、あの人はつぶやくように言った。

　――いったい今夜、どんなストーリーが語られるのだろう……

　あの人のとなりを歩きながら、胸のうちで不安と期待が相半ばしていた。

あの人は、病院からほど近いやきとり屋に入った。ぼくが病院から呼び出される可能性があることを、気づかってくれたのだろう。

ぼくは利用したことはなかったが、病院から近いだけあって、仕事帰りにこの店に立ち寄るドクターもけっこういるようだ。しかし、土曜の夜の店内はがらんとしており、ドクターの顔は見当たらなかった。

あの人とぼくは、奥のほうの四人がけテーブルについた。

考えてみると、あの人と飲みにきたのは、はじめてだった。

「きょうはありがとう」

「こちらこそ、ありがとうございました」

生ビールで乾杯した後、しばらく沈黙が続いた。

何から話したらいいか考えていると、いきなりあの人が切り出した。

「見たんだね？　仏壇の写真を」

「すみません。そんなつもりじゃなかったんですけど……」

「いいんだよ。Yさんのため、必死にぼくを捜してくれたんだろう？　サッシが開けっ放しで、かえってよかった」

ぼくが訊くのをためらっていると、あの人はにこっと笑って言った。

「あの写真は、ぼくの息子だ」

「……息子さん、いらしたんですか」

伏し目がちに、ぼくは言った。

「残念ながら、3歳の誕生日を迎える前に亡くなった。もう、25年も前の話だ」

――25年前に、2歳って……

もし生きていれば、ぼくと同い年だった。

「ごめんなさい。辛いことを思い出させてしまって」

「ぜんぜん」

ビールをぐいと飲み、あの人は言った。

「辛かったら、写真立てに入れたりしないだろう。年月の積み重ねというのは、じつにありがたいものさ。四半世紀もたったら、さすがにもう悲しくない。あの子の写真は、ぼくのお守りなんだよ」

「紺野先生は、結婚していたんですか？」

「はるかかなた、遠いむかしに」

「知りませんでした」

「隠しておくほどのもんじゃないさ、ぼくの過去なんて。よかったら話そうか？　身の上話がきらいでなければ」

「聞かせてください」

あの人はうなずき、ビールを飲み干した。そして、2杯目のジョッキを注文してから、語りはじめた。


「ぼくの場合は、いわゆる『できちゃった婚』だった。当時はそんな言葉はなかったけどね。でもはっきりいって、まだ心の準備ができていなかったんだな。結婚することに対しても、父親になることに対しても……。ところで藤山君はいま、何歳かな？」

「27歳です」

「じゃあ、いまの君と同い年だね、ぼくが結婚したのは……。話はその2年前にさかのぼるが、ぼくの親友が会社を立ち上げてね。ぼくは彼に請《こ》われ、その会社で働くことになった。営業を一手にまかされたぼくは、全国津々浦々を渡り歩いて、寝る間も惜しんで得意先の新規開拓に没頭したもんだ。むかし『24時間働けますか？』なんてコマーシャルがはやったけど、まさにそんな感じだったよ」

もちろんあの人はお調子者ではないが、デイルームで患者と交流する姿を毎日見ていたから、むかし会社の営業マンだったという話は、違和感なくすっと入ってきた。

「親友のことは尊敬していたし、ぼく自身、情熱を持って仕事にのぞんでいたから、結婚してからも生活スタイルはほとんど変わらなかった。平日は出張に次ぐ出張で、金曜の深夜に帰宅し、日曜の夕方にまた家を出るという生活だった。家にいるあいだも妻の話はろくに聞かず、子どもの面倒もまるでみず、翌週の仕事の準備ばかりしていた」

子どものころ、ほとんど家にいなかった自分の父親が、あの人の姿と重なった。

「当然のことながら、妻からはすぐに愛想を尽かされた。正直、結婚したころにはお互い情熱も冷めていたから、夫婦間の交流なんてほとんどなかった。たぶん妻は、離婚も考えていたと思う。こんな生活が続くなら、養育費だけもらって、自分ひとりで息子を育てたほうがマシじゃないかって。とにかく、ヒドいもんだった。夫としても、父親としても、まるきり失格さ。それでも……」

あの人は続けた。

「息子はぼくの帰りを、楽しみに待っていた。出張の帰りがけに駅の売店で買った安いおもちゃに大喜びし、いつも持ち歩いていた……」

さすがに少し言葉に詰まったが、あの人は運ばれてきたビールを口に運ぶと、さらに話しつづけた。

「ぼくの息子は、なかなか言葉をしゃべるようにならなかった。妻には『一家団欒《だんらん》もないし、あなたがちっとも話しかけないからだ』と責められたが、ぼくはあまり気にしなかった。というより、頭のなかは仕事ばかりで、息子のことまで気が回らなかった……。

3歳の誕生日をひと月後に控えた金曜日のことだった。その日は珍しく仕事が早めに終わり、夜の7時に家に帰ってきた。そしたら、あの子が玄関に出てきて、ぼくにかけよってきたんだ。『パパァ……パパァー』って、言いながら」

3歳のころは覚えていないが、幼少のころ、たまに父が早めに帰宅すると素直にうれしかった記憶がある。そんな時代が、自分にもたしかにあった。

「恥ずかしながら、そのときになってはじめて自覚した。ぼくはこの子の父親なんだって。ぼくは深く反省した。そして妻に『もう一度、この子のためにやり直したい』と願い出た。妻はぼくの言葉をすぐには信じず、『ほんとうにそう思うなら、明日から実践してください』とだけ言った。そこで、ぼくは社長、つまり親友に相談を持ちかけた。自分を営業から外してほしいと。もし許されなかったら、会社を辞める覚悟だった」

「でも実際問題、そこまで仕事をまかされてしまったら、営業から外してもらうのは難しかったんじゃないですか？」

「うん、難しかったと思うよ。でも彼は、3日間考えた末、ＯＫを出してくれた」

「いい人ですね」

「ああ、ほんとうにいいやつだった……」

そこで注文していたやきとりの盛り合わせと、豆腐サラダが運ばれてきて、しばし話は中断した。

「きょうは疲れたろう。しっかり栄養補給しないとね」

「はい、いただきます」

ぼくはネギマをつまんだ。あの人の話に引き込まれ、ビールを飲むのも忘れていた。

「食べながら、聞いてくれたまえ」

あの人は軟骨を一本だけ食べ、また話しはじめた。

「最後の出張に出かけようとしていた、日曜の夕方だった。先週ひいた風邪が治らず、朝から元気がなかった息子が、急にぐったりしてしまったんだ。熱をはかると、40℃を超えていた。『これから病院に連れていくから、いっしょに来てほしい』と、妻は懇願《こんがん》した。けれどもぼくは『これで最後だから』と言って妻を振り切り、新幹線に乗るため東京駅へ向かった。翌日は朝から広島で大切な顧客との打ち合わせで、後輩への引き継ぎもあったから、どうしてもその日のうちに移動しなくてはならなかった。

いまとちがってケータイなんてない時代だからね。広島駅に着くなり家に電話を入れたが、だれも出なかった。日付が変わったころ、ホテルに妻から電話がかかってきた。息子は重症の髄膜炎《ずいまくえん》で入院したので、今夜は病院で付き添う、とのことだった。ぼくは心配で一睡もできなかったが、どうにもしようがなかった。

翌朝、ホテルをチェックアウトしているとき、ふたたび電話があった。『あの子が危篤状態なので、いますぐ帰ってきてほしい』と、電話口で泣きながら、妻は訴えた。『わかった』と返事をしたものの、打ち合わせをドタキャンしたら会社の信用にかかわる。ぼくはうしろ髪を引かれる思いで、得意先へ向かった。

最後の任務をまっとうすると、ぼくはランチを断り、新幹線にとび乗った。道中ずっと、『どうか、わが子の命を救ってください』と、神に祈っていた。けれども病院にたどり着いたとき、息子はもう冷たくなっていた」

あの人は、むしろ淡々と語りつづけた。

「それからの話は、だいたい想像がつくだろう？　妻はぼくを許してくれなかった。いまさら仕事を減らしたところで、なんの意味もない。家にいて顔を合わせるのが、かえって辛かった。当然のごとく、妻からは離婚届を突きつけられ、ぼくはサインをした」

「奥さんはその後、どうされたんですか？」

「離婚して以来、一度も会っていない。風の便りによれば、その後再婚して、子どももできたそうだ」

「そうですか」

「ぼくは無気力状態に陥り、親友に辞表を提出した。あいつは黙って、それを受け取ったよ。それから2か月間、ぼくは自分を責め、苦しみ抜いた。息子がいなくなってはじめて、あの子の命がいかにかけがえのないものだったか、思い知らされた。しかし、どんなに悲しんでも、悔やんでも、息子はもどってこない……。

2か月後、ぼんやり新聞を眺めていたら、脱サラをして医者になった人の記事が、たまたま目に入った。その記事を読み、ひょっとしたら自分にもできるかもと思った。1週間後、ぼくは『医学部を受けなおそう』と決意した」

「亡くなった息子さんのためにも、医者になって人の命を救おうと思われたのですね？」

「いいや」

あの人は即座に、首を横に振った。

「ぼくが医者になろうと決意したのは、人の命を救いたいと思ったからじゃない。それは、自分自身を救うためのチャレンジだった」

「自分を救うための？」

「とにかく、われを忘れて一心に打ち込める何かを、ぼくは必要としていた。翌日からひとりの大学受験生にもどったぼくは、ほかのことは何も考えず、一日14時間、ただひたすらに勉強した。しゃにむに勉強することが、空しさと悲しさを紛らわせてくれる唯一の手段だったから……。

翌年、ぼくは31歳で医学部に再入学し、37歳で医者になった」

「でもその結果、紺野先生は、たくさんの患者の命を救ったじゃないですか」

「医者になって多少、人助けをできたかもしれない。でも、人の命を救えたと思ったことは、一度もないよ」

「一度も、ですか……」

もちろんぼくたち内科医は、病気が快方に向かうよう患者を手助けし、彼らが抱える症状を少しでも軽減させるため、日々努力している。しかし、たしかに医者になってから、しばしば思うことがある。

――病気を根本的に治しているのは、医者や薬ではなく、じつは人間の身体にもともとそなわっている自然治癒力、再生能力ではないだろうか？　重篤な疾病を患った人間が回復できるかどうかは、結局、その人が持つ生命力の強さにかかっているのではないか……。

「もし、人の命を救えないとしたら、内科医の役割とは、いったいなんでしょう？」

ぼくはあの人に質問した。

「それは、これから君自身が見つけていくものだ」

いつもと変わらぬおだやかな口調で、あの人は答えた。

残っていたビールを一気に飲み、あの人は、ふうーっと息を吐いた。

「長話につきあってくれて、ありがとう」

ぼくもジョッキを口に運んだ。大皿のやきとりはほとんど手つかずのままだが、正直、食欲がわいてこなかった。

「一つだけ、質問してもいいですか？」

「どうぞ」

ぼくは思い切って尋ねた。さっきからずっと、気になっていたことを。

「息子さんの写真のとなりに、つぼがありましたけど……」

「あれは、骨つぼだよ」

あの人は、あっさり答えた。そしてまた、話しはじめた。

「息子の葬式の日、ぼくは妻の親戚だけでなく、自分の親族からも白い目で見られ、まったく居場所がない状態だった。悲しむどころではなかったよ。

火葬場で息子の骨と対面すると、妻は嗚咽《おえつ》し、親戚一同、もらい泣きした。その一瞬のすきに、ぼくは彼らの目を盗み、あの子の骨を一本つかむや、喪服のポケットに突っ込んだ。

息子の大腿骨《だいたいこつ》をね」

「なんで、そんなことを？」

「とっさに出た行動だ。ぼくは息子のおむつ一つ、替えたことがなかったし、妻からは早々、離婚を言い渡されるとわかっていた。あの子の骨は当然、生まれてからつきっきりで面倒をみていた妻が持っていくだろうし、ぼくは『墓参りにも来るな！』と罵倒《ばとう》されそうな勢いだった。しかし……」

あの人の目を見て、ぼくはハッとした。

——はじめてデイルームで会ったときの、あの目だ。独特の深みをたたえ、じっと見ていると吸い込まれてしまいそうな……

「われながら、じつに身勝手なやつだと思うよ。でも、骨になってしまった息子を目のあたりにして、ようやく実感したんだ。あの子と自分が、いかに太い絆でつながっていたかを。そして、ぼくは思った——このまま息子と別れちゃいけない。あの子を見殺しにしてしまったことを、一生忘れてはならない、と」

返す言葉も見つからず、ぼくはただ、あの人の話を聞きつづけた。

「その日からずっと、息子の大腿骨は、ぼくの手もとにある。自分が犯した罪は、生きているあいだに何をしようが、けっして償うことはできない……。ぼくが仏壇に息子の写真と骨つぼを置いているのは、過去を葬らないためだ」

「過去を葬らないため」という言葉で、あの人は話を締めた。

あの人の言葉が途切れると、ふと耳の奥で、“Stayin' Alive”のギターイントロが鳴りだした。曲はそのまま進行し、やがて、あの印象的なコーラスにさしかかった。

Ah, ha, ha, ha, Stayin' Alive, Stayin' Alive……

“Stayin' Alive”は、ぼくの頭のなかで鳴りつづけた。

心地よいリズムとメロディーのすき間に、そこはかとない悲しさを漂わせ。

そして同時に、生きていくための根源的なエネルギーをたたえながら……。

あの人とぼくは、それからしばらく、やきとり屋にいた。

あの人は、いつものゆったりした口調にもどり、Ｉさんとの出会いの話や、パーティーでのエピソードを語ってくれた。

ぼくはジョッキを3杯おかわりしたが、その後の話の内容は、ほとんど覚えていない。

あの人と別れた後も、“Stayin' Alive”は鳴り止《や》むことなく、コーラスは、何度も、何度も、頭のなかでリフレインした。

＊

仏壇の棚にあったつぼのふたを、ぼくは開けなかった。

けれども、骨つぼのなかの小さな大腿骨は、ぼくの脳裏の片すみにとどまり、その後、長いこと、消え去りはしなかった。

秋風吹くころ

Yさんは、あの人との再会を果たした2日後に、息を引き取った。それは、けっして安らかな最期とは言えなかった。

中田医師はけっきょく一度も、Yさんの病室に姿を見せなかった。

あの人が言ったように中田医師は彼なりに、Yさんにベストの治療を施そうとしたのだろう。けれどもぼくは、彼が自分の指導医として、そしてYさんの主治医として名を連ねていることを、恥ずかしく思った。

「2か月半、自分の思いどおりに暮らすことができ、また最後に治療にチャレンジすることもでき、主人は満足していました」

そう言って、奥さんは病院をあとにした。

奥さんのうしろ姿を見送りながら、ぼくは後悔の念を禁じえなかった。

夏休みを取りそこねたぼくは、秋にまとまった休暇をもらおうと思っていた。

しかし、実際9月になってみると、5階総合内科病棟での日々は以前にも増して忙しくなってしまった。とても「1週間、休暇をいただきます」なんて、悠長なことを言いだせる雰囲気じゃない。

忙しくなった理由は、はっきりしていた。瑞希のあとがまの後期研修ドクターはすぐにやってきたが（残念ながら瑞希ほど優秀ではない）、あの人の後任は、いつまでたっても補充されなかったからだ。

あの人が抜けた穴は、想像以上に大きなものだった。日中、ほとんど病棟にいないドクターがひとり抜けるのと、あの人がいなくなるのとでは、まったくわけがちがう。

「窓際ドクター」などと揶揄《やゆ》されながら、あの人は実際には、二、三人分の病棟業務をこなしていたのだ。

あの人の辞職は、ナースにとっても大きな痛手だった。

これまでは、なんでも気楽に頼めるドクターがすぐ目の前にいたのに、あの人がいなくなってから、患者の容態が急変したり、なんらかの処置が必要になるたびに、担当ドクターをコールせねばならなくなった。

5階総合内科病棟にだけ特別に付いていたコンビニエンスストアがなくなると、ナースたちはとたんにカリカリしはじめた。麻薬の処方箋を一枚書くためにわざわざ医局から呼び出されれば、ドクターだって仏頂面にもなる。

ドクターとナースの関係はぎくしゃくし、病棟にはぴりぴりした空気が流れはじめた。

アンケート調査によれば、5階総合内科病棟の患者からの評価は、つい2か月前までは病院内でトップだったのに、あの人がいなくなってから徐々に落ちていき、いまでは平均を下回ることさえあった。

病棟のためを思って、というわけじゃないが、ぼくのなかに「少しでもあの人の役割を引き継げたら」という思いがあった。

それゆえ9月から医局に自分の机が与えられても、そこへ足を向けることはほとんどなく、いままでどおり週2回の外来診療以外は、一日中病棟で過ごした。デイルームにも極力、顔を出すよう心がけた。

けれども実際は教授回診や種々のカンファレンス、勉強会のための資料づくりなど、診療以外の仕事に時間を取られてしまい、ゆったり患者たちと接することはなかなか難しかった。とてもじゃないが、いまの自分では、あの人の代役は務まらない。

あの人の存在がいかに大きなものであったか、いまさらながら思い知らされた。

病棟医長や看護師長をはじめ、5階総合内科病棟で働くスタッフは全員、ぼくと同じことを感じていたんじゃないかと思う。

だれもそのことを、口に出しては言わなかったけれど……。

9月の第4土曜日、夕方になってやっと診療から解放されたので、ぼくはあの人の家を訪ねてみた。

ちょうど4週間前、8月最後の土曜日以来、あの人とは一度も会っていなかった。

あまりに忙しく、時間的余裕がなかったこともある。けれどもあの夜、あの人から衝撃的な話を聞いた後、またすぐに会う気にはなれなかった。気持ちの整理がつくまで、少しばかり時間が必要だったのだ。

坂道をゆっくり上りながら、ぼくは思った。

――ひょっとしたら、またパーティーをやっているかもしれない。Iさんが、陽気に踊っていたりして……

坂を上り詰め、視界が開けると同時に、ぼくの淡い期待はしぼんでいった。

あの人の家の前に立ち、ぼくはぐるりと周囲を見わたした。パーティーどころか、まったく人の気配が感じられない。

庭の雑草は以前から伸び放題だが、リヤカーといっしょに置いてあった3台のソーラーライトは見当たらない。もともと表札は出ていなかったが、門のわきの牛乳ボックスは、なぜかなくなっていた。

縁側に面したサッシは、今回はしっかり、カギがかかっていた。モスグリーンのカーテンにさえぎられ、家のなかを見ることはできない。

ぼくの胸に不安がよぎった。

夕やみせまる丘の上の一軒家に、虫の音《ね》ばかりが空しく響きわたった。

——きっとまた長い旅に出たのだ、あの人は。

そう自分に言い聞かせ、ぼくはきびすを返した。

しかし……。

それから2週間後、ふたたび坂を上っていくと、何やら工事をしている音が聞こえてきた。急ぎ、丘の上に出てみると、家の前に大型トラックが停まっていた。

そして……。

——なんと、あの人の家に、解体車が襲いかかっているではないか！

解体車は容赦なく、バリバリと、古びた木造の一軒家を破壊していった。

騒音に包まれながら、ぼくはしばらく呆然《ぼうぜん》と立ち尽くした。崩壊しつつある、あの人の家の前で。

その夜、ぼくは街まで出かけ、『サタデー・ナイト・フィーバー』のサントラCDを買ってきた。

“Stayin'Alive”や“How Deep Is Your Love”をくり返し聴きながら、ぼんやり考えた。

あの人と時間を共有した半年間は、いったいなんだったのだろう、と。

あの人は4月に突然、ぼくの前に現れ、9月に忽然《こつぜん》と姿を消した。

なんだか夢をみていたようだが、そのいっぽう、非常に現実的で、中身の濃い半年間でもあった。

明らかに、ぼくはあの人から影響を受けた。同じ業界で働く先輩としてというより、医師である以前の、もっと根本的なところにおいて。あの人と会う前と、いまとでは、どこかちがう人間になっている気がする。

そしてあの人は、何も告げずに去っていった。

——でも、きっと……

なぜかわからないが、ぼくは確信していた。

——あの人とは、また会うだろう。再会の日が、いつかかならずやってくる。

毎夜、アパートに帰ってくると、ぼくは期待を込めて郵便受けをのぞいた。

しかし、そこにあるのはダイレクトメールと請求書ばかりで、あの人からの手紙はいっこうに届かなかった。

10月も半ばを過ぎた火曜の夕方、ぼくは患者の点滴薬をオーダーするために、ナースステーションと廊下を仕切るカウンターに設置してある端末に向かっていた。

「真吾！」

いきなり前方から、自分を呼ぶ声が聞こえた。

顔を上げると、もちろんそこには瑞希が立っていた。院内でぼくを「真吾」と呼ぶ人間は、彼女をおいてほかにいない。

8月あたまに急きょ、瑞希が循環器病棟に異動してからというもの、彼女と話す機会は一度もなかった。ときたま院内ですれちがうことはあっても、声をかけあうだけだった。お互い、立ち止まって話す余裕もないほど、忙しかったのだ。

「やあ、ひさしぶり」

瑞希の来訪に、自然と口もとがほころびた。

「ホント、ひさしぶりよね。元気してた？」

「まあね、瑞希は？」

聞き覚えのあるキンキン声に、二、三人のナースがふり向いた。瑞希はナースたちに会釈し、ふたことみこと言葉を交わしてから、こちらに向きなおった。

「もちろん、このとおり元気よ」

「ところで、紺野先生が辞めたこと、知ってた？」

「聞いたわ。突然だったんでしょう？」

「うん。あの人がいなくなったら、急に忙しくなっちゃったよ」

「わかるわ」

瑞希はうなずいた。

「デイルームに紺野先生がいないと、なんだか5階に来た気がしないもの」

「やっぱり、そうだよね……」

ふと、あの人と瑞希がいた5階総合内科病棟が、なつかしく思い出された。しかし、過去をふり返ってもはじまらない。

「どう？　循環器病棟は」

ぼくは瑞希に訊いた。

「朝から晩まで検査、検査で、すんごくあわただしい」

「いつ見ても院内を走り回ってるもんな、最近の瑞希は」

「ここみたいに腰を落ちつけて、じっくり仕事できないのよ」

抜きん出た処理能力を持つ彼女が言うくらいだから、ほんとうにせわしない環境なんだろうな、とぼくは想像した。

「この病棟の忙しさとは、別ものなんだろうね」

「そう、こことはぜんぜん雰囲気がちがう。でも、一つだけ共通点がある」

「なに？」

瑞希はにっこり笑って答えた。

「火曜日に教授回診があること」

彼女が何を言わんとしているか、ぼくはすぐ理解した。

「じゃあ、ひさしぶりに行こうか？」

「オッケー！　30分後にエントランスで」


居酒屋に入ってひと息つくと、ぼくはさっそく瑞希に語りはじめた——もちろん、あの人の話を。

8月の終わりにあの人の家で、息子さんの遺影を見つけてしまったこと。その夜、あの人自身が語ってくれた、医師になるまでのいきさつ。そして、何も告げないままあの人はこの地を去り、いまでは丘の上の一軒家も存在しないこと……。

あの人について知っている情報を洗いざらい、ぼくは瑞希に伝えた。ただ、骨つぼのことだけは、どうしても話せなかった。

瑞希は黙ってぼくの話を聞いていた。途中、質問をはさむこともなく、ときおり赤ワインのグラスを口に運びながら。

ぼくが予想していたほど、彼女は驚いた表情を見せなかった。

むしろ、「そのくらいの過去があって当然でしょう、紺野先生だったら」というような顔つきだった。

すべて話し終えると、ぼくはすっかり泡の消えてしまったジョッキを持ち上げた。

「……そう」

ぼくが一気にビールを飲み干すのを待って、瑞希は話しはじめた。

「『医者になろうと思ったのは、人の命を救いたいと思ったからじゃない』って、紺野先生は言ったの？」

「うん。『医学部を受けなおしたのは、自分自身を救うためのチャレンジだった』って」

「いいなあ……。アタシもそんなセリフ、言ってみたい」

「それって皮肉？」

「ちがうわよ。心底、カッコいいと思う」

「どうして？」

「心の奥底ではわかっていても、なかなか口に出して言えないじゃない、そんなこと」

「まあ、そうだよね」

「よく考えてみればアタシだって、ほんとうに人の命を救いたくって、医者になったわけじゃないもの」

そういえば、いつか瑞希は話していた——自分が思春期にしゃかりきに勉強しだしたのは、心のすき間を埋めたかったからだと。

3歳になる前に父と別れた瑞希と、3歳になる前の子を失ったあの人。どんなにあがいても埋めようのない心のすき間、ど真ん中にぽっかりとあいた心の穴……。

ふたりの抱える空虚さは、とてもぼくに想像のつくものではあるまい。

「前にも話したように、苦労をかけた母に恩返ししたい気持ちもあったわ。でもやっぱり、根底に横たわっていたんだと思う。医者になって、アタシを捨てた父親を見返してやりたいって、気持ちが」

「……そうか」

「真吾、あんただってお父さんの鼻を明かしたくて、医学部を受けたんでしょう？」

「おれ、そんな話をしたことあった？」

「わかるわよ、なんとなく。あんたの話を聞いてれば」

「まあ、そんなとこだけどさ」

「おもしろいわねえ」

「何が？」

「アタシたちみたいなヒヨッコと紺野先生を同列に並べちゃいけないけれど、三人とも医者になった動機は、ちょっと不純じゃない？」

「絶対に、面接試験では言えないね」

「でも、結果的に紺野先生は、たくさんの患者を救ってきた」

「うん。命じゃなくて、患者さんの心をね」

「紺野先生を見ていて、よくわかったわ。どんな病棟にもひとり、『窓際ドクター』が必要なんだって」

わが意を得たり、だった。

「真吾もそう思う？」

「まったく、瑞希の言うとおりだ」

「だったら真吾、紺野先生の後継者になりなさいよ！」

「えっ？」

ぼくは驚いて、瑞希の顔を見た。

「なれるわよ、あんただったら」

「……瑞希は？」

「アタシは遠慮しとくわ。『窓際ドクター』なんて呼ばれるガラじゃないもの」

屈託ない笑顔で、瑞希は答えた。

「『窓際ドクター』かあー。実際にそう呼ばれたら、複雑な心境になるだろうな」

「なに言ってんの、最高の称号じゃない。真吾だってそう思ってるでしょ？」

ぼくはうなずき、答えた。

「ずいぶん道は長そうだけどね。そう呼んでもらえるようになるまで」

「がんばんなさいよ、応援してるから……。ところで」

瑞希は突然、話題を変えた。

「夏休みは取ったの？」

「いや、取れなかった。瑞希は？」

「アタシも取れなかった。秋休みを取る予定は？」

「いまのところ、ない」

「じゃあ、提案してもいい？」

「どんな提案？」

「もしも、紺野先生の居場所がわかったら、ふたりでいっしょに休みを取って、先生に会いにいかない？」

「ふたりでいっしょに？」

いきなりの大胆発言に、ぼくはさすがにひるんだ。

「アタシとじゃ、やだって言うの？」

「まさか。瑞希とだったら楽しいと思うよ、うん」

ぼくはあわてて答えた。

「お互いちがう病棟にいるから、同時に休みを取ったって大丈夫でしょ？　毎日こんなに働いているんだから、たまには休みくらいもらわなきゃ」

「いいかもしれない。だけど……」

「だけど？」

「ほんとうにまったく見当がつかないんだ。あの人がいま、どこにいるのか」

「真吾、あんたついさっき言ったばかりじゃない。いつかかならず、紺野先生から連絡があると信じているって」

「そうだよな……わかった。もしもあの人から連絡があったら、すぐ瑞希に知らせるよ！」

それから瑞希とぼくは、以前のように火曜日の夕方に、飲みにいくようになった。あの人からの手紙を、首を長くして待ちながら。

11月初めの土曜日、ぼくはひさしぶりに帰省した。東京の実家は何ひとつ変わっておらず、母もあいかわらず元気だった。

その日は、父の命日だった。

医者になってから命日を実家で過ごすのは、はじめてのことだ。どういう風の吹き回しかと、母は驚きながらも、ぼくの突然の帰省を喜んでくれた。

晩ごはんまで、ぼくは母と一日、家でゆっくり過ごした。幸い、担当患者の容態は落ちついているようで、病院から呼び出されることはなかった。

帰りがけに、ぼくはもう一度、仏壇に向かって手を合わせた。

そして、『サタデー・ナイト・フィーバー』のサントラCDを、父の遺影のとなりに、こっそり置いてきた。

夜遅く、ぼくはアパートにもどった。

いつもの習慣で郵便受けをのぞくと、ダイレクトメールでも、請求書でもない、白い封書が一通、入っていた。

ぼくはハッとして、その分厚い封書を取り上げた。

封書をうら返すと、住所の記載はなく、差出人の署名のみがあった——太めのサインペンで、まぎれもなく「紺野佑太」と書かれている。

ぼくはアパートの外階段をかけ上がると、自室にとび込んだ。

そして、封を切るのももどかしく、目の前に便せんを広げた。

あの人の手紙

ひさしぶり。元気でやっているかい？

だいぶ空気が澄んできた。この季節になると、デイルームの窓から小さな富士山がくっきり見えるだろう？

こちらはあいかわらず定職につかず、毎日ぶらぶら過ごしている。うん、なかなかいいもんだ。

どうせなら今年いっぱい、気ままなその日暮らしを満喫してやろうと思っている。めったにできることじゃないからね。

忘れたころに突然の便りにて失礼！　ビールでも一杯やりながら、読んでくれたまえ。

あの家からは以前から立ち退《たちの》きを求められていたし、ぼくもそろそろ環境を変えようと考えていたところだった。

しかし、君に何も知らせないまま引き払ってしまったことは、ほんとうに申しわけなく思っている。

もっとも、日々の診療に追われるうち、ぼくのことなどすっかり忘れてしまったかもしれないが……。

君にはいずれ話さなくては、と思っていた。

要点は二つだ。

一つ目はむしろ、おせっかいというべきものだろう。大きなお世話と知りつつ、言わせてもらう。たぶん、君にこういうことを指摘する大人は、ほかにはいないだろうから。

もう一つは、どうしても君に伝えておかねばならないことだ。

じつは最後に会ったあの夜、ぼくはいちばん大切なことを話さないまま、君と別れた。「話そう、話そう」と思いつつも、いざ君と面と向かうと、どうしてもそのことを切り出す勇気がわいてこず、自分の話ばかりしてしまった。

あの夜からずっと、「君に手紙を書かなくては」と思っていた。

しかしぼく自身、いろいろと考えねばならぬことがあり、なかなか気持ちの整理がつかなかった。

それに手紙なんていうものを書くのは、20歳のころラブレターを書いて以来だ。ずるずると時間が過ぎ、けっきょく今日になってしまった。

……つべこべ言ってもはじまらない。とにかく書こう。

まずは、おせっかいから。

結論から言わせてもらおう。

「もっと自分勝手に生きなさい」

君というひとりの若者に対し、あえて先輩風を吹かせて忠告するならば、そのひとことに尽きる。

もちろん、ほんとうに自己中心的で周囲が見えず、相手の気持ちを思いやる能力に欠け、「医者はエリートだ」なんて思い込んでいるやからに、ぼくはこんな忠告はしない。

君を見ていれば、すぐにわかる。君は十分すぎるくらいに、そこらへんをわきまえている人間だ。

いや、はっきりいって、わきまえすぎだろう。

ぼくから見れば、君はまだまだ人目を気にしすぎだ。つねに他人にどう思われるか配慮しつつ、行動している。

たぶん自分じゃ、そう思っていないだろうけど……。

幸か不幸か、君という人間は、感受性豊かに生まれついた。

いかなる人間も、持って生まれた自分の資質を抹殺することはできない。それは死ぬまで、自分自身につきまとう。

感受性の豊かな若者は、世の中でまかり通っている不条理に対し日々、疑問や不満を抱えながら生きているし、見て見ぬフリをして何も行動を起こさない大人を許すこともできない。そんな人間が社会や組織のなかで、まともに現実と向きあって生きようとしたら、どうなるか？

日々遭遇するおかしな出来事に憤《いきどお》り、ままならぬ現状にいら立ちつつも、何も変えられない自分を歯がゆく思うにちがいない。そして、やがては精神的に追いつめられ、ひきこもり状態におちいってしまうだろう。

そうなることを回避し、なんとか生きていくため、人はさまざまな手段を講ずる。

その手段の一つは、不感症をよそおって、あえて大勢のなかに埋もれて生きることだろう。そう、いまの君が毎日、そうしているように。

君はいつでも、ちょっと冷めた目でまわりの人々を観察し、一歩引いた立場でものごとを考える。けっして熱くなりすぎず、つねに第三者的立場に身を置き、渦中の人物とは距離をとる……よう心がけている。

なるほど、それはじつに賢明なやり方だ。もちろん、そのほうが都合良いと君が思うなら、これ以上つべこべ言うまい。

けれども（これこそが大きなお世話だが）、ぼくはそんな君を見ていて、もったいない気がしてしようがない。

何がもったいないのかと問われれば、うまく説明できない。しかし、なんというか、君はもっと人々とかかわり、人々の心を明るくする資質をそなえているように、ぼくには見えるのだ。

もちろん、無理に自分にプレッシャーをかける必要はない。いつか君がもう少し肩の力を抜き、自然体になれればいいと思っている。

おせっかいな男がそんなことを言ってたっけ……と、頭の片すみに置いといてもらえれば、幸いだ。

「いい医者になれ」、「患者のためにベストを尽くせ」なんて言わないよ。だいいち、そんなことを言う資格は、ぼくにはない。

どんな医者をめざすのか、あるいは、そんな大変な仕事はとっとと辞めちまうか、それは君が決めることだ。

ただ一つ、聞いてほしいことがある。

君のような人間が生きていくため、不感症をよそおう以外に、もう一つやり方がある。

それは、「自己本位に生きること」だ。

もっと、自分を大切にしなさい。

いかにきれいごとを並べようが、われわれは人間である以前に、一匹の動物だ。まずはなんとしても、自分自身が生き延びねばならない。

人間にとって何よりも大切なもの——それは自己利益だ。そのことを十分ふまえたうえで、まわりの人たちの生き方や利益を尊重していけばいい。

自分自身に満足していない人間は、けっして周囲の人々に安らぎや満足感を与えられないものだよ。

もっと、自分を好きになりなさい。

自分のことを心から好きになれない人間が、他人を好きになれると思うかい？

掛け値なしに人に興味を持ち、人を好きになるということは、自己愛という基盤があってはじめて、可能になる。

もちろん、君も、ぼくも、欠点だらけの人間だ。

だけど、ぼくは思う。

「そんな自分が好き」で、いいんじゃない？

君は両親から、たっぷりの愛情を注がれ、育った。

だから、ぼくは思う。

君はもっと、自分を好きになれるはず。


おせっかいはこのへんにして、そろそろ本題に入ろう。

君もそろそろ実感しつつあると思うが、医療の世界というのは、思いのほか狭く、窮屈だ。

長年ドクターをやっていれば、同じ業界の人間と何度も顔を突き合わすことになるし、たとえ顔を合わせなくても、どこかで話がつながってしまう。

ほんとうに、やんなっちゃうほど狭いんだよ、この業界は。

だから、ぼくはわかっていた。

――君とはいずれ、どこかで会うだろう。

その機会がこんなに早く訪れるとは、予想していなかったけどね。

4月のあの日、君がデイルームにひょっこり現れたときは、ほんとうに驚いた。同時に、

「来るべきときが来た」と、ぼくは思った。

じつのところ、ぼくが君と顔を合わせるのは、はじめてではなく、三度目のことだった。

一度目は、まだ君が2歳にもなっていないころ——当然、覚えていないね。

そして二度目は、お父上の告別式の日——たくさんの人々が参列していたから、やはり君は覚えていないだろう。

もうわかったかい？

そう、ぼくが20代のころ働いていた会社の社長、すなわちぼくの親友とは、君のお父さんだ。

医者になった君と病棟で再会したあの日から、事実を告げるべきかどうか、ぼくはずいぶん迷った。

いろいろ考えた末、上司というのはおこがましいが、とりあえず同じ病棟で働く同僚、あるいは先輩として、君と接していこうと思うに至った。

いずれときが来れば、父君とのことは話すつもりだった。けれども、「同じ病棟で働いているあいだは封印しよう」と、ぼくは心に決めた。

すべては、ぼくの勝手な自己判断だ。君に隠しだてをするつもりはなかったが、ぼくだけ事実を知っていたなんて、ちっともフェアじゃなかったね。

どうか、許してくれたまえ……。

父君は並外れた野心家だったが、曲がったことが大キライで、情にもろいところもあった。そして何よりも、生きる力に満ちあふれていた。どんなに忙しかろうが、彼といっしょに仕事をしている時間は、最高に楽しかったよ。

あいつのためならとことんやってやろう——そんな気にさせる男だった。

父君の携わっていた仕事は、たぶん君が想像していたほど、安泰ではなかった。それどころか、いつなんどき奈落の底に突き落とされるかわからない——そんな危険と日々となり合わせだった。

真のビジネスとは、なんの保証もないものだ。われわれはいく度となく、危機に直面した。けれども何が起きようが、どんな状況になろうが、"Stayin'Alive!"というのが、ぼくたちの合い言葉だった。

父君は実際、どんなときも生き生きとしていたし、その目はいつだって光り輝いていた……。

書きはじめたら切りがなくなる。父君とのエピソードは機会をあらため、ゆっくり話そう。もし、君が聞きたいと思うなら。

その後の経緯はあの夜、話したとおりだが、父君と過ごした日々は、いまでもぼくの貴重な財産だ。

会社を辞めたあとも、われわれの交流は続いた。

ぼくが医学部に入りなおしたときは、父君はわがことのように喜び、祝杯を挙げてくれた。交流が続いたといっても、顔を合わすのは年に1、2回だった。しかし、互いに親友として認めあっていたことに、変わりはない。

その後も、節目節目に連絡は取りあっていたものの、さすがに7、8年たつと、顔を合わす機会はほとんどなくなった。

研修医になりたてのぼくは、寝る間もないほど忙しかったし、父君もビジネス界の大物になってしまったからね。

ぼくたちが最後に会ったのは、いまから12年前、ちょうどいまごろの季節だった。その夜のワンシーンを、ぼくはついきのうのことのように、まざまざと思い出す。

いやー……やつの満面の笑みは、忘れようにも忘れられないよ。

ビジネスの話じゃなくて、高校生になったばかりの、わが息子の話をしているときのね。

それは、ぼくが見てきたやつの数々の笑顔のなかで、最高のものだった。

感傷にひたるつもりはないし、話を脚色するつもりもない。ただ、あの夜の父君の言葉を、思い出しうるかぎり正確に、君に伝えたいと思う。

父君は、こう語った。

「あの子は、おれの2倍、かしこい。おれの3倍、感受性が豊かだ。だからけっして、おれと同じ道へは進まないだろう……。ほんとうに楽しみにしているんだ。あの子が自分で、どんな道を切り開いていくんだろうって」

君が医学部に合格したとき、父君はその日のうちに電話をくれた。

ぼくもうれしかったよ。あのとき話していた息子さんのことだな、と思って。

残念ながら、当時ぼくは遠方の病院に勤務していたので、父君に会うことはできなかったけどね……。

以上が、ぼくが君に伝えたかったことだ。

蛇足を加えないうちに、ペンを置くとしよう。

ぼくはいま、住所不定のプー太郎だ。

気の向くまま、足の向くまま、いろいろな土地に出かけている。むかし営業で、全国を渡り歩いていたころを思い出しながら。

この手紙への返信はもちろん不要だが、いちおう実家の住所を付しておく。

新しい赴任先が決まり、またどこかに定住することになったら、あらためて連絡させてもらおう。

もう、ビールは飲み終わったかい？　またいつか君と飲める日を、楽しみにしているよ。

その日まで、お元気で。

十一月一日

紺野佑太

藤山真吾　様

それからのこと

そろそろ、東の空が白みはじめてきた。

切りのいいところで文書を保存すると、パソコンのスイッチを切り、「ふわーっ」と一つ、大きなあくびをした。

師走の日の出は遅い。時計を見ると、もう6時半を回っていた。

——きょうは土曜日だから、10時過ぎに病院に行けばいいだろう。

仮眠をとるため、ぼくはベッドにもぐりこんだ。そして1分もたたぬうちに、深い眠りに落ちていった。

「あの人のことを書き留めておこう」と思った夜から、7週間。

ぼくはいまようやく、半年間の物語を書き終えようとしていた……。

あの人の手紙を読んだ夜、ぼくは父が亡くなってから、はじめて泣いた。

父の葬式の日も出なかった涙が、とめどなくあふれてきてどうしようもなく、ひと晩中、まんじりともしなかった。

一夜泣き明かすと、つきものが落ちたみたいにさっぱりした気分になった。

けれど、ぼくはすぐには、あの人に返事を書けなかった。いざ机に向かうと、いろんな思いが錯綜《さくそう》し、何を書いたらいいのかわからなくなってしまうのだ。

翌週の火曜日、瑞希に飲みに誘われた。

いつもの居酒屋で、ぼくは彼女に、あの人から手紙をもらったことを告げた。手紙の内容も、ほとんどそのまま話した。

ぼくの話を聞きながら、あのクールな瑞希の目に、涙が浮かんだ。

「で……もう返事は出したの？　真吾」

話を聞き終えると、瑞希は涙をぬぐい、ぼくに訊いた。

「じつはまだ、書けないでいるんだ」

「今夜、家に帰ったら、すぐに書きなさい。かんたんでいいから、あなたの気持ちをそのまま書けばいいの」

まるでお母さんみたいな口ぶりで、瑞希は言った。

「うん、わかった」

母親に諭《さと》された小学生のように、ぼくは素直にうなずいた。

「じゃあ……」

瑞希はバッグから、白い封筒を取り出した。

「ついでにこれも、入れといて！」

小ぶりの封筒のなかには、ポストカードが入っているようだった。

「紺野先生に書いたの？」

「そうよ」

「瑞希が直接、紺野先生あてに送ったらいいじゃないか。住所を教えようか？」

「手紙なんてもんじゃないのよ。ほんの2、3行だし……。真吾が紺野先生に手紙を出すとき、添えてもらおうと思っていたんだ」

「…………」

その夜、アパートに帰ると、ぼくはあの人に手紙を書いた。

けっきょく、何を書いたらいいのか頭の整理がつかず、ごく短い礼状のようなものになってしまった。

ただ……僭越《せんえつ》とは思ったが、ぼくはひとことだけ、あの人に対して感じていることを正直に書いた。

瑞希のカードを添え、手紙をポストに入れてから、「出すぎたマネをしてしまったかな？」と、少し後悔したけれど。

4日後の土曜日。

ぼくは突然、思い立った――あの人の話を書こうと。

ちゃんと返事を書けなかったかわりに、というつもりじゃないし、だれに読んでもらうわけでもない。

でも、どうしても、ぼくは書いておきたかったのだ。

――あの人と過ごした半年間を。


クリスマスイブになると、いまだに小学生のころを思い出す。

イブのごちそうやプレゼントへの期待感、そして、「明日から冬休み！」というわくわく感を同時に味わえるクリスマスイブは、一年中でもっともうれしい日だった。

父もこの日ばかりは家にいて、ご機嫌な笑顔を見せていた……。

デイルームの真ん中に置かれたツリーを眺めながら、のんびりと椅子に腰かけ、患者さんと雑談していたら、突然、肩をたたかれた。

ふり返ると、岡崎ナースが立っていた。

――いけね！　ちょっと油を売りすぎたか。

ぼくはあわてて立ち上がろうとした。

すると岡崎ナースは、「そのままでいいのよ!」という感じでぼくに目くばせし、さらに、にこっと笑った。

「期待してるわよ、藤山くん」

それだけ言うと、岡崎ナースはステーションにもどっていった。

ぼくはきょとんとして、彼女のうしろ姿を見送った。


翌日、岡崎ナースは突然、病院を辞めた。

後になってナースたちから聞いた話によると、もっとのびのびした環境で息子さんを育てたいので、出身地の長野県にもどり、来年から郷里の病院で働くとのことだった。

いま思い返せば、岡崎ナースはあの人と、特別に仲がよかったわけではない。病棟でいっしょに行動することは、まずなかったし、ふたりで親しげにおしゃべりしている光景も、ほとんど見たことがない。

しかし、いざ岡崎ナースが去っていくと、5階総合内科病棟にあの人を思い起こさせるものは、何ひとつなくなった。4月にはじめて訪れたときとは、まったくちがう空間のように感じられた。

「窓際ドクター」不在の、この病棟は……。

あの人の話を書き終えた翌日、瑞希とぼくは、今年最後のふたり飲み会を開催した。12月30日の夜。これぞ、正真正銘の忘年会だ。

「何かいいことあった？　真吾」

乾杯するなり、瑞希はぼくに訊いてきた。

「いや、べつに」

「なんか、すごくさっぱりした顔をしてるよ、きょうの真吾」

「さっぱりした顔って？」

「そうね……たとえば大きな仕事を一つ、やり終えたみたいな」

「そう？」

「やっと、あの人の話を書き終えたんだ」という言葉がノドまで出かかったが、やっぱり照れくさくて、言いだせなかった。

ぼくが黙っていると、瑞希は話題を変えた。

「どうなの？　最近、5階病棟は」

「まあ、とくに変わりはないけど」

「ときどき、すごくなつかしくなるのよね、5階病棟のことが」

「『なつかしい』なんて、瑞希らしくないな」

「アタシもそう思う」

ふっと笑って、瑞希は語りはじめた。

「じつをいうとね、アタシが後期研修先にこの病院を選んだ理由は、循環器内科が充実していたからなんだ。毎日心臓カテーテル検査をやって、急性心筋梗塞の患者を治療して、バリバリ働きたいと思っていた」

「あれっ、瑞希はローテーションの希望を出していたんじゃないの?」

「ちがうわよ。病院側から『いま現在、循環器病棟は空きがないから、しばらくほかの病棟で研修してくれ』って言われたの。はじめ5階病棟に配属されたときは、正直がっかりしたわ。『このもっさりした雰囲気、なんだかなあー』と思ったし、おまけにデイルームには、仕事もしないで油を売ってる、うさんくさいドクターがいるじゃない」

瑞希の話しぶりに、ぼくは思わず声をあげて笑った。

「でも最近、ホントになつかしく思うのよ。急性疾患も慢性疾患も、軽症患者も重症患者も、種々雑多って言ったら失礼だけど、とにかくバラエティー豊かな患者さんが入り交じっている雑居病棟で、悲喜こもごも、いろんな出来事が起こり、デイルームでは毎日、さまざまな交流がくり広げられる……」

「なんだか小説が書けそうだね」

瑞希の表現力に感心しつつ、ぼくはうなずいた。

「病院なのに、生活のにおいがする」

「生活のにおい、か」

「逆に、生きていくエネルギーを感じるのよね。もっさりとした、あの空気のなかに」

しばらく忘れていた〝Stayin' Alive〟のメロディーが、頭のなかで流れはじめた。

――もしかしたら瑞希も、「窓際ドクター」に影響を受けたのかもしれないな……

そう、ぼくは思った。


「あっ、そういえば一つ、変わったことがあった」

ビールを飲んでひと息ついたら、ぼくは突然、思い出した。

「なに？」

「岡崎さんが辞めちゃったんだ。ほんの5日前、クリスマスの日に」

「そう、岡崎さんが……」

瑞希は妙に納得したような顔をして、何度かうなずいた。

「意外じゃなかった？」

「意外どころか、『やっぱりねえー』って感じよ」

「やっぱりって、どういう意味？」

「真吾は何も、感じなかったの？」

「感じるって、何をさ？」

「アタシが気楽に紺野先生に話しかけられなかった理由は、もう一つあったの」

「はっ？　なんのこと？」

あきれたような顔をして、瑞希は言った。

「あんたって、ほんとうにニブいのねえー。岡崎さんはね、紺野先生のこと、ずっと見守っていたのよ」

「ニブい」と言われ、ぼくはカチンときた。

「そりゃあ、ぼくだってすぐわかったさ。岡崎さんがあの人の味方だってことはね。だけど、それと彼女が辞めたこととは、なんの関係もないだろう」

「そこがニブいっていうの。岡崎さんは、紺野先生のことが好きなのよ。アタシは初勤務の日に、ピンときたわ」

「好きって、男としてって意味？」

「当たり前じゃない」

「じゃあ、もしかして瑞希は……」

「どう考えたって、ふたりが病院を辞めたのは、偶然の一致とは思えない」

「『岡崎さんがあの人のあとを追っていった』とでも言うつもりかい？」

「そうね。『窓際ドクター、ついに身をかためる』ってとこじゃない？」

「まさか！」

「じゃあ、賭ける？」

不敵な笑いを浮かべ、瑞希は言った。

「ああ、いいとも」

ぼくは彼女の挑発にのった。

「何を賭ける？　三ツ星レストランのディナー？」

「そうね、それもいいけど……」

ちょっと考えてから、瑞希は提案した。

「『紺野先生を訪ねるツアー』の旅費を、負けたほうが全額負担する、っていうのはどう？」

「よし、それでいこう！」


年が明けた。

正月三が日、ぼくは病棟の日直と外来の宿直で、病院に出ずっぱりだった。ぼくら家庭を持たぬ若いドクターは、正月やゴールデンウィークになると、ここぞとばかりこき使われる。

「近々絶対に、まとめて休暇を取ってやるぞ！」と思いつつ、ぼくはフラつく足でアパートにたどり着いた。

眠い目をこすりながら郵便受けのなかをのぞくと、年賀状の束にまぎれて一通だけ、封筒が入っていた。

封筒をうら返すと、差出人はあの人で、住所を見ると長野県だった。

一瞬にして、眠気が吹っとんだ。

ヘトヘトに疲れているのも忘れ、ぼくは勢いよくアパートの外階段をかけ上がった。部屋にとび込み、年賀状の束を机の上に置くと、封筒のてっぺんをはさみで切り、あの人の手紙を取り出した。

ぼくは便せんを広げ、ごろんとベッドに横たわった。

あの人からの手紙はごく短く、あっさりしていた。しかしながら、むちゃくちゃ内容の濃いものだった。

今回は、ぼくは泣かなかった。そのかわり、手紙を読みながら自然とにやけている自分に、気がついた。

ほんのちょっぴり悔しくて、けれども、最高にうれしい手紙だったから……。

＊

今度こそ、休暇をもらって、瑞希とふたりで訪ねてみよう。

――あの人が、ついに新たな一歩をふみ出した、その地を！

あの人の手紙2

また「ひさしぶり」になってしまった。

この時期、君たち若いドクターは、さぞかしこき使われているだろう。

「あけましておめでとう」というより、「正月見舞い申し上げます」のほうが、適切かもしれないね。

昨年末、ようやく住所が定まったので、約束どおり連絡する。


去年はいろんなことがあったけど、とても印象的な一年だった。ぼくが勝手に送った手紙にていねいに返事を書いてくれて、ありがとう。

それにしても……いやー、まいったよ！

なぜかって？

君の手紙と、沢野君のカードに、ほとんど同じ文章がつづられていたからさ。

「紺野先生が『過去を葬りたくない』とおっしゃる気持ちはよくわかるし、立派なことだとも思います。でも、もうそろそろ、いいんじゃないですか？

人生いつだって、何度だって、やり直せるはず。37歳で医者になった紺野先生が、そのことを実証しているじゃないですか」

……まったく、そのとおりだ。

ぼくは、深く反省させられた。そして、自分の生き方を根本的に考えなおさざるをえなくなった。

何事にもとらわれることなく、自由に生きているつもりでいながら、ぼくは、自分自身の過去にとらわれていたようだ。

君たちの言葉を、真摯《しんし》に受け止めよう。

貴重な助言をありがとう。機会があれば直接お礼を言いたいが、沢野君にもよろしく伝えてくれたまえ。

さて、ちょっとばかり、近状報告をさせてもらうよ。

つい一週間前、ぼくは四半世紀ぶりに、所帯を持つこととなった。

以前から考えていたことではあるが、君たちがぼくの背中を押してくれたことはまちがいない。

パートナーについては、手紙で説明するのもなんだから、君と再会したときに紹介しようと思う。

とりあえず一つ、伝えておこう。

結婚すると同時に、ぼくは一児の父となった。妻がこれまでひとりで育ててきた、小学校3年生の男の子だ。

ベビーシッターで慣れているとはいえ、やはり自分の子どもを育てるとなると、緊張するもんだね。

そして……どうやら、今年の夏にもうひとり、家族が増えることになりそうだ。

いい父親になれる自信はないが、これまでどおり、自然体でやっていこうと思っている。

病棟は変わりないかい？

あいかわらず、せわしない毎日だろうね。5階総合内科病棟での君の奮闘ぶりが、目に見えるようだよ。

ここはのんびりしていて、とてもいい土地だ。自然が豊かだし、空気もうまい。病院から一歩外に出たとたん、心が癒やされる。

ガス抜きしたくなったら、いつでも立ち寄ってくれたまえ。
長野駅で、新幹線からローカル線に乗り換え、1時間ちょっとで到着する。

最後に……
「窓際ドクター」という称号、とても気に入っていた。ほんとうにあれは、ぼくにぴったりの呼び名だったね。

それでは、再会を楽しみに。
その日までお互い
Stayin' Alive!

この作品は二〇一三年十月小社より刊行されたものです。

幻冬舎文庫

●好評既刊
研修医純情物語
先生と呼ばないで
川渕圭一

夜な夜なナースの回診に出かけ、高額時給のバイトに勤しむ研修医。パチプロと引きこもりを経て、37歳で研修医になった僕が出会ったおかしな奴ら。実体験を基に綴った医療エンターテインメント。

●好評既刊
ふり返るな　ドクター
研修医純情物語
川渕圭一

一患者たった1分の教授回診、患者に聴診器すら当てぬ医師。脱サラし37歳で医者になった佑太は、大学病院の現状に驚く。そんなある日、教授が医療過誤を起こし……。リアルで痛快な医療小説。

●好評既刊
吾郎とゴロー　研修医純情物語
川渕圭一

ボロボロの分院に配属され、不満だらけの研修医・吾郎。ある日、ゴローという名の、口の悪い患者と出会う。エリート研修医と訳あり患者とのひと夏の友情を描いた「研修医シリーズ」最新作。

●好評既刊
ボクが医者になるなんて
川渕圭一

うつ病のボクが出会った心ない医者達。「自分のほうがマシな医者になれる」と思ったボクは……。30歳で医学部受験を決意するまでの迷いと挫折だらけの日々を描いた、『研修医純情物語』の原点。

●好評既刊
いのちのラブレター
川渕圭一

内科医として働く拓也の前に9年前に姿を消した恋人が患者として現れる。治療にあたる拓也だったが、彼女は不治の病に冒されていた。ベストセラー『研修医純情物語』の著者が描く感涙の物語。

幻冬舎文庫

窓《まど》際《ぎわ》ドクター

研修《けんしゅう》医《い》純情《じゅんじょう》物語《ものがたり》

川渕《かわふち》圭一《けいいち》

平成28年12月10日　初版発行

発行人――石原正康
編集人――袖山満一子
発行所――株式会社幻冬舎
〒151-0051東京都渋谷区千駄ヶ谷4-9-7
電話　03(5411)6222(営業)
03(5411)6211(編集)
振替00120-8-767643
印刷・製本―中央精版印刷株式会社
装丁者――高橋雅之

幻冬舎文庫

ISBN978-4-344-42546-0　C0193　か-35-7

幻冬舎ホームページアドレス　http://www.gentosha.co.jp/
この本に関するご意見・ご感想をメールでお寄せいただく場合は、
comment@gentosha.co.jpまで。